# Es war so vieles falsch

Juergen von Rehberg

# Es war so vieles falsch

*Bibliografische Information der Deutschen National-bibliothek:*
*Die Deutsche Nationalbibliothek verzeichnet diese Publikation in der Deutschen Nationalbibliografie; detaillierte bibliografische Daten sind im Internet über http://dnb.dnb.de abrufbar.*

*Herstellung und Verlag: BoD – Books on Demand, Norderstedt*

*ISBN:*                    *978-3-7481-2945-5*

*„Er ist wieder zurück."*

Diese Schreckensbotschaft löste bei Paul Lindner seltsamerweise nicht die zu erwartende Reaktion aus.

Er schaute seinen Freund nur an, in dessen Gesicht sich die Überraschung abzeichnete, die naturgemäß von seinem Patienten hätte ausgehen müssen.

Professor Adrian Höllerschmitt und Paul Lindner kannten sich von der Uni her. Adrian studierte damals Medizin und Paul Philosophie. Im Laufe der Zeit entwickelte sich eine wunderbare Freundschaft, die sich über all die Jahre gehalten hatte.

*„Du bist ja gar nicht überrascht"*, sagte Adrian, *„oder kommt da noch etwas nach…"*

*„Ich denke nicht, mein Freund"*, antwortet Paul, *„wir wissen ja beide, dass der Zug schon abfahrtsbereit dasteht, der mich beharrlich und unaufhaltsam an mein Ziel bringen wird."*

*„Aber hattest du denn keine Hoffnung, dass es anders sein könnte?"*, fragte Adrian.

*„Nicht wirklich"*, antwortete Paul, *„irgendwie habe ich damit gerechnet, dass es so kommen würde."*

*„Und was wirst du jetzt tun?"*, fragte Adrian.

*„Ich werde in den Zug einsteigen und die Reise so gut es geht und so lange wie es dauert genießen."*

„*Du bist ein Fatalist*", antwortete Adrian, und nach einer kurzen Pause, stellte er die Frage, deren Antwort er schon vorher kannte:

„*Willst du nicht doch die Operation?*"

„*Du kennst die Antwort*", entgegnete Paul, „*Operation, Chemo mit all ihren unschönen Begleiterscheinungen, und das nur, um ein wenig Zeit zu gewinnen? Nein, danke!*"

„*Was wird Iris dazu sagen?*", fragte Adrian.

„*Das weiß ich nicht, und das ist mir auch egal*", antwortete Paul.

Und als Adrian daraufhin verständnislos in Pauls Gesicht sah, fuhr dieser fort:

„*Wenn sie es erfahren wird, kann sie mich nicht mehr beschimpfen, weil ich dann schon aus meinem Zug ausgestiegen sein werde.*"

„*Du bist herzlos, Paul*", sagte Adrian, „*überleg es dir bitte noch einmal.*"

„*Lassen wir das*", beendete Paul das Gespräch. „*Du gehst heute Abend mit mir fein speisen, und du wirst bezahlen. Du hast schließlich mehr als genug an mir verdient.*"

\*\*\*\*\*

Paul Lindner hatte schon vor über einem Jahr Bekanntschaft mit einem Glioblastom gemacht.

Begonnen hatte alles schon lang vorher. Häufig auftretende Kopfschmerzen während der Nacht oder in den frühen Morgenstunden ließen Paul zu Tabletten greifen.

Damit konnte er sich gut über den Tag retten. Als dann aber irgendwann Sprachstörungen dazukamen, ging er zum Arzt. Die Diagnose durch den Hausarzt: Leichter Schlaganfall.

Nach einigen Wochen wiederholten sich diese Sprachstörungen und Krampfanfälle kamen hinzu. Paul beschloss seinen alten Freund, Professor Adrian Höllerschmitt aufzusuchen.

Dieser veranlasste die Durchführung einer Magnetresonanztomographie, welche zu der Diagnose „Glioblastom" führte. Eine danach durchgeführte Biopsie brachte dann die Gewissheit: Ein bösartiger Gehirntumor.

*„Wir müssen dich dringend operieren"*, sagte Professor Höllerschmitt, *„die betroffene Region muss umfassend ausgeräumt werden."*

*„Und dann bin ich wieder gesund?"*, fragte Paul Lindner.

*„Nicht sofort, mein Freund"*, antwortete Adrian Höllerschmitt, *„nach der Operation wird die Tumorregion bestrahlt, um eventuelle Restzellen abzutöten."*

*„Und dann bin ich gesund?"*, setzte Paul Lindner fort, der ganz genau wusste, dass die Bestrahlung allein nicht genügen würde.

Als Philosoph war er gewohnt den Dingen auf den Grund zu gehen. Er hatte sich vorab eingehend informiert.

Adrian Höllerschmitt kannte seinen Freund zu gut und zu lange, um das Spiel nicht zu durchschauen, ließ aber Paul in dem Glauben.

*„Du kennst mich als einen gründlichen und gewissenhaften Menschen, lieber Paul"*, antwortete Adrian, *„und deshalb machen wir begleitend eine Chemotherapie."*

*„Ich weiß, dass du ein gründlicher Mensch bist, Herr Professor"*, entgegnete Paul, *„du warst auf der Uni schon ein Streber."*

Adrian musste schmunzeln; auch dann noch, als Paul hinzufügte:

*„Und was die Chemo betrifft, so machen nicht **wir** diese Kotzorgie, sondern **ich**. Aber du kannst mir natürlich gern den Kopf dabei halten."*

*„Ich werde dir eine hübsche Krankenschwester an die Seite geben"*, antwortete Adrian, *„da macht das Erbrechen viel mehr Spaß, als wenn ich dabei wäre."*

\*\*\*\*\*

Paul und Adrian saßen an ihrem Tisch im Ratskeller, an dem sie sich früher einmal in der Woche trafen, um zu speisen und hinterher eine Partie Schach zu spielen.

*„Es wundert mich, dass der gute Herr Waldemar uns – nach so langer Zeit - unseren alten Tisch gegeben hat“*, sagte Adrian.

*„Du warst zwar sehr lange nicht mehr hier; aber ich“*, entgegnete Paul. *„Ich bin weiterhin jede Woche hierhergekommen. Du hattest ja keine Zeit mehr für deinen alten Freund.“*

*„Das bedaure ich sehr, und es tut mir leid“*, antwortete Adrian, und er schaute seinen Freund betrübt an, von dem er wusste, dass er ihn in nicht allzu ferner Zukunft verlieren werden würde.

*„Es ist dumm, dass man im Laufe seines Lebens oft die falschen Prioritäten setzt“*, fuhr Adrian fort, *„aber als du mit Iris zusammengekommen bist, habe ich mich zurückgezogen.“*

Paul sah Adrian an, und er wollte schon etwas sagen, als Adrian ihm zuvorkam:

*„Ich weiß, dass klingt wie eine Ausrede, mein Freund. Das sollte es aber nicht sein. Vielleicht ist es jedoch ein kleiner Versuch mein schlechtes Gewissen ein wenig zu beruhigen.“*

*„Das ist nicht nötig“*, entgegnete Paul, und zu dem altgedienten Ober gerichtet:

*„Herr Waldemar, bitte seien Sie doch so nett und bringen Sie uns das Schachbrett!"*

*„Wie geht es Iris?"*, fragte Adrian, nachdem sie schon eine Weile gespielt hatten.

*„Das kann ich dir nicht beantworten"*, sagte Paul, ohne seinen Blick vom Schachbrett abzuwenden, *„ich hatte schon lange keinen Kontakt mehr mit ihr."*

*„Warum machst du das?"*, fragte Adrian weiter, *„ich finde, sie hat ein Recht darauf zu wissen, wie es dir geht."*

*„Ein Recht auf was?"*, erwiderte Paul in scharfem Ton, *„vielleicht darauf mir beim Sterben zusehen zu dürfen?"*

*„Ja, vielleicht"*, sagte Adrian, *„mit demselben Recht, wie sie dir beim Leben zugesehen hat."*

*„Unsinn"*, entgegnete Paul, *„und jetzt konzentriere dich lieber auf das Spiel; deine Dame ist gerade in großer Gefahr."*

Damit war dieses Thema abgehakt; zumindest, was Paul betraf. Adrian musste daran denken, wie verliebt Paul damals war, als er – nach anfänglichen Schwierigkeiten - mit Iris zusammengekommen war.

Und wie sehr er Adrian gegenüber von „seiner Iris" vorgeschwärmt hatte. Von einer eventuellen Heirat war sogar die Rede. Umso mehr schmerzte es Adrian, wie sein Freund Paul Iris aus deren gemeinsamen Leben warf.

Natürlich war es naheliegend, dass Paul ihr den großen Schmerz über den bevorstehenden Verlust ersparen wollte; aber die Zweifel blieben dennoch, ob das der richtige Weg war.

\*\*\*\*\*

Paul lag auf der Dachterrasse und reichte seinen nackten Körper der Sonne dar. Er musste an das Gespräch mit seinem Freund denken, welches er vor ein paar Tagen mit ihm geführt hatte.

Er hatte Adrian solange insistiert, bis dieser bereit war ihm eine Restlebenszeit-Prognose zu stellen.

*„Du weißt schon, dass das <Kaffeesatzlesen> ist“,* sagte Adrian, *„und seriös ist es auch nicht. Ich mache das nur, weil du mein Freund bist, und du ja doch keine Ruhe gibst.“*

*„Beides trifft zu, Herr Professor“,* scherzte Paul, und Adrian staunte einmal mehr darüber, mit welcher scheinbaren Gelassenheit Paul mit seiner totbringenden Diagnose umging.

*„Also, nun sag schon!“,* drängte Paul.

*„Kein halbes Jahr mehr; wenn es hochkommt, vielleicht noch zwei Monate."*

Professor Adrian Höllerschmitt hatte große Mühe diese Worte zu sagen. Es war nicht das erste Mal, dass er einem Patienten die Hiobsbotschaft überbrachte; aber einem Freund so etwas mitzuteilen, das hatte noch einmal eine andere Qualität.

Paul umarmte seinen Freund. Es war, als wäre er der Trostspendende und nicht umgekehrt.

*„Ich danke dir, mein Freund"*, sagte Paul mit Tränen in den Augen, *„ich werde mich jetzt ein letztes Mal von dir verabschieden.*

*Ich möchte, dass wir uns nicht mehr wiedersehen, es sei denn, du kommst zu meiner Beerdigung. Ich werde jetzt in meinen Zug steigen und meine letzte Reise antreten.*

*Und wenn das Schicksal mir gewogen ist, dann wird die Reise nicht allzu beschwerlich werden und ohne größere Hindernisse verlaufen."*

Adrian Höllerschmitt zerriss es beinahe das Herz, als er dieses hörte.

Als Paul gegangen war, wies er seine Vorzimmerdame an, für die nächsten Stunden nicht gestört zu werden.

\*\*\*\*\*

Paul war ein totaler Sommermensch. Er liebte die Hitze über alles. Seine Dachterrasse erlaubte es ihm, wann immer es möglich war, ohne Kleider die Sonne zu genießen.

Iris zierte sich anfangs es ihm gleich zu tun, wegen der Nachbarn; aber nach einer Weile war es ihr egal, zumal die Nachbarn doch ein Stück weit entfernt wohnten.

Ein Anflug von Tristesse legte sich auf Pauls Gemüt. Er hätte nie gedacht, dass er sich – nach seiner Scheidung von Beate – noch einmal verlieben könnte.

Beate war seine zweite Ehefrau. Die Ehe mit ihr war kinderlos geblieben. Aus seiner ersten Ehe mit Sandra hatte er zwei Söhne.

Sandra war mit den Kindern zurück in die Schweiz gegangen, von wo sie ursprünglich stammte. Der Kontakt zu ihr und zu den Kindern war schon sehr bald abgebrochen.

Von Beate wusste er, dass sie wieder geheiratet hatte.

Die Sonnenwärme auf Pauls Haut drängte ihm den Gedanken auf, dass er vielleicht nicht wirklich krank wäre. Er fühlte sich so wohl und gesund, wie man sich nicht besser fühlen konnte.

*„Aber natürlich ist das völliger Unsinn"*, verdrängte ein neuer, stärkerer Gedanke den vorigen.

*„Du wirst sterben, Paul Lindner, und das schon sehr bald."*

*„Sterben"*, sinnierte Paul weiter, *„was bedeutet das?*

*Sokrates bringt es auf einen schlichten Nenner: <Sterben ist doch wohl nichts anderes, als die Trennung der Seele vom Körper.>*

*Indes für Platon ist die Seele ein für sich bestehendes, schlechthin unkörperliches Wesen, ihre Trennung vom Körper durch den Tod eine Befreiung. Der Körper sei nur ein Abbild, eine Strafe, ein Gefängnis und ein Grab, gleich einer unheilbaren Krankheit bloß lebenslang hinderlich.*

*Und von Dame Cicely Mary Strode Saunders, einer englischen Krankenschwester, Sozialarbeiterin und Ärztin, auch Begründerin der modernen Hospizbewegung und Palliativmedizin, stammen die Worte:*

*<Es ist nicht das Schlimmste für einen Menschen, festzustellen, dass er gelebt hat und jetzt sterben muss; das Schlimmste ist, festzustellen, dass man nicht gelebt hat und jetzt sterben muss.>"*

Paul musste lächeln. Er konnte jedem dieser Gedanken etwas abgewinnen. Am besten gefiel ihm jedoch der Gedanke von Dame Saunders.

*„Nach ihrer Meinung hatte er gelebt, und es war auch ein gutes und erfülltes Leben"*, befand Paul, aber scheinbar hatte er sich geirrt.

Als hätte eine höhere Macht gerade mitgehört, schob sich in diesem Augenblick eine dunkle Wolke vor die Sonne, um dort zu verweilen.

Paul rief sich seinen letzten Gedanken noch einmal in Erinnerung.

*„War es wirklich ein erfülltes Leben?"*, fragte er sich, und ein heftiger Zweifel begann an ihm zu nagen.

Es war, als hätte die höhere Macht *„na also – geht doch"* gesagt, denn just im selben Moment schickte sich die dunkle Wolke an die Sonne wieder freizugeben.

*„Da gibt es doch noch diese Geschichte mit dem Nahtoterlebnis"*, meldete sich ein neuer Gedanke zu Wort. *„Die Geschichte, bei der das Leben eines Menschen im Zeitraffertempo vor seinem geistigen Auge vorüberzieht.*

*Was wäre also, wenn man – im Nahbereich seines bevorstehenden Todes – sein Leben Revue passieren lassen würde, so, als eigeninszeniertes Nahtoterlebnis?*

*Er selbst, also Paul Lindner, wäre der Drehbuchautor und der Regisseur in Personalunion.*

*Er könnte jede einzelne Szene seines bisherigen Lebens immer wieder neu aufnehmen, bis die bestmögliche Fassung im Kasten wäre, wie man in diesem Genre zu sagen pflegt."*

Die Sonne umfing den Körper von Paul Lindner mit all ihrer Kraft und Wärme, und ein unbeschreibliches Wohlgefühl erfüllte das nackte Menschlein, das sich anschickte einen Film zu drehen.

Es sollte ein Meisterwerk werden, dessen Inhalt nur Paul Lindner kannte, und das niemand je zu sehen bekommen würde. Es gab sogar schon einen Titel:

*„Das erfüllte Leben eines Einsichtigen"*

Paul hielt seine Augen geschlossen, als er begann sein Drehbuch zu schreiben. Kaum, dass er damit fertig war, begann er auch schon mit den Dreharbeiten.

*****

**Kapitel 1 – Erste Liebe**

Ich, der ich vom Anbeginn meiner Pubertät von meiner Sexualität in Geiselhaft genommen worden war, hatte beschlossen mich dieser schwierigen Thematik zu stellen.

Ausgestattet mit einem völlig ungenügenden Rüstzeug, näherte ich mich behutsam dem anderen Geschlecht.

Mein Wissen stammte von älteren Mitschülern des Gymnasiums und von der Fachzeitschrift „BRAVO"; denn über andere Quellen verfügte ich leider nicht.

Mein Vater, der mir seine kostbaren Gene hinterlassen hatte, bevor er von meiner Mutter wegen anhaltender Untreue hinausgeworfen wurde, konnte mir deren sinnvolle Nutzung leider nicht mehr vermitteln.

Und meine Mutter war nicht der adäquate Ansprechpartner.

Also was tun mit den Hormonen, welche ohn Unterlass und ohne jede Gnade meinen jungen Körper geißelten?

„Learning by doing" hieß somit die Parole, und auf diese Weise begann meine sexuelle Karriere, die von Anbeginn an zum Scheitern verurteilt war.

Leider wurde daraus eher ein „Learning by mistakes", wobei das eigentliche „Learning" erst viel zu spät begann.

Für mich waren Liebe und Sexualität zwei unzertrennbare Zwillinge. Sexualität, rein als Instrument zur Befriedigung tierischer Instinkte, das war ein allzu monströser Gedanke, den ich heftig von mir stieß.

Ich hatte mich der romantischen Vorstellung von Familie – Vater, Mutter, Kinder – verschrieben, und von dieser Vorstellung sollte ich mich später nur wenige Male entfernen, weil ich kurzfristig durch die Einflüsse des Bösen irregeleitet worden war.

„Die erste Liebe" ist ein Miraculum, das seinen eigenen Gesetzmäßigkeiten unterliegt. Das traf ohne Zweifel auch bei Hannelore zu.

*****

*„Kamera klar?"*

*„Kamera läuft!"*

*„Ton klar?"*

*„Ton ist klar!"*

*„Klappe!"*

*„Erste Liebe – Take 1!"*

*„Und bitte!"*

Ich habe Hannelore anlässlich einer Hochzeit kennengelernt. Meine Tante, um deren Hochzeit es ging, stellte mir Hannelore als meine „Brautjungfer" vor und verlieh mir im selben Moment den Titel „Brautführer".

Obwohl ich es nicht wirklich verstand, ließ ich mich auf diese Sache ein und führte Hannelore brav an meiner Hand. Es schien ihr recht gut zu gefallen, denn sie ließ meine Hand den restlichen Tag nicht mehr los.

Als sich unsere Wege am nächsten Tag wieder trennten, beschlossen wir in brieflichem Kontakt zu bleiben. Unsere beiden Wohnorte lagen etwa 70 Kilometer voneinander entfernt, sodass ein täglicher Kontakt nicht möglich war. Und außerdem gingen wir ja noch beide in die Schule.

In den Sommerferien konnte ich dann endlich meine Angebetete besuchen. Ich wohnte bei der Tante und ihrem Gatten, und ich holte Hannelore täglich ab, um mit ihr in das nahegelegene Freibad zu gehen.

Nach dem Kurzurlaub und erfolgter Rückkehr in mein Zuhause, nahm der Briefwechsel zwischen Hannelore und mir beachtlich zu.

Wenn ich aus der Schule kam, ich war inzwischen Gymnasiast, war die erste Frage, ob vielleicht ein Brieflein für mich gekommen wäre.

Und so die Antwort positiv ausgefallen war, riss ich im Zustand eines gefühlsmäßigen Ausnahmezustands das Kuvert auf, um gierig Buchstabe um Buchstaben zu verschlingen.

Jedes Kuvert, das von Hannelore zur Post gebracht worden war, war von zartrosa Farbe, seidengefüttert und herrlich duftend.

Und in dem Kuvert lag ein einmal gefaltetes Blatt Papier, ebenfalls in zartrosa gehalten und von erlesener Qualität.

Die Lettern, welche das Papier zierten, waren von zarter Hand mit Tinte und Feder schwungvoll geführt und schön anzusehen, und ihr Aussehen glich mehr einem Druck, denn einer Handschrift.

So vergingen Monat um Monat, angereichert durch viele Briefe mit schönen Worten, welche eine tiefe Sehnsucht nach einem Wiedersehen erwachsen ließen, die sich nichts mehr wünschte, als eine baldige Erfüllung zu erfahren.

Doch dann geschah etwas Schreckliches.

Wieder einmal kam ein Brieflein mit der Post, das wohl denselben Absender wie all die vielen Briefe davor trug, jedoch ansonsten keine weiteren Gemeinsamkeiten aufzuweisen vermochte.

Absender und Empfänger waren mit Bleistift wüst auf das Kuvert gekritzelt, und der Brief trug ebendieselbe Handschrift.

Und dann der Inhalt. Er begann mit liebevoll gemeintem Geschreibe, gespickt mit Fehlern der Rechtschreibung und der Orthografie, und er endete mit einer massiven Drohung:

*„Vielleicht geht es uns auch einmal so wie Tante Julia und Onkel Hermann..."*

Gemeint waren meine Tante und ihr Gatte, mein Lieber Onkel, anlässlich deren Hochzeit die Romanze zwischen Hannelore und mir begonnen hatte.

Und gemeint war wohl auch eine potenzielle Vermählung von Hannelore und mir, wenn auch nur auf lange Sicht gesehen, denn wir waren gerade einmal 15 Jahre alt.

Der Schock saß tief.

Die Zerstörung einer Illusion, die offenkundige Lüge (alle Briefe davor konnten definitiv nicht von Hannelore geschrieben worden sein), die mangelhafte Bildung (Fehler über Fehler) und die Androhung einer Vermählung, und das, obwohl wir noch nicht einmal verlobt waren.

Die logische Konsequenz lag nahe. Sofortiger Abbruch dieser unseligen Beziehung und keinerlei Kontakt mehr. Kein Treffen, keine Briefe; absolutes Beenden ohne jedweden Kommentar. Und so geschah es dann auch. Ich habe Hannelore nie wieder gesehen...

***„CUT!!!"***

Die innere Stimme von Regisseur Paul Lindner hatte es förmlich hinausgebrüllt.

*„Das geht ja überhaupt nicht. Bis zu dem verhängnisvollen Brief können wir die Aufnahme verwenden; aber ab da müssen wir neu drehen.*

*„Kamera klar? "*

*„Kamera läuft! "*

*„Ton klar? "*

*„Ton ist klar! "*

*„Klappe! "*

*„Erste Liebe – Take 2! "*

*„Und bitte! "*

\*\*\*\*\*

Wieder einmal kam ein Brieflein mit der Post, das wohl denselben Absender wie all die vielen Briefe davor trug, jedoch ansonsten keine weitere Gemeinsamkeiten aufzuweisen vermochte.

Absender und Empfänger auf dem Kuvert, ebenso wie der Brief selbst, waren mit Bleistift geschrieben.

Und der liebevolle Inhalt endete mit den bedeutungsvollen Worten:

*„Vielleicht geht es uns auch einmal so wie Tante Julia und Onkel Hermann..."*

Paul war berührt durch diese liebevolle Geste. Seines momentanen Alters eingedenk, fiel ihm der Spruch ein:

*„Jung gefreit – nie bereut."*

Und ja, wer weiß? Hannelore war ein hübsches und gescheites Mädchen, und warum sollte man zu diesem Zeitpunkt eine spätere Hochzeit ausschließen?

Einzig die veränderte, mit Bleistift geschriebene Nachricht verunsicherte ihn ein wenig. Es würde sich aber schon bald klären, denn der nächste Urlaub bei der Tante stand schon vor der Tür.

Als sich Paul und Hannelore zwei Wochen später gegenüberstanden, war alles wieder da. Pauls Herz schlug hinauf bis zum Hals, als er in die leuchtenden Augen seiner Angebeteten sah.

*„Ich freue mich so dich wiederzusehen"*, stammelte er mit rotem Kopf und erkennbarer Verlegenheit, und Hannelore quittierte die liebevollen Worte mit einem Kuss auf Pauls Wange.

Befragt ob der unterschiedlichen Briefe in Aussehen und Form, bekam Paul die Antwort, dass die ursprünglichen Briefe von einer Bediensteten ihrer Eltern geschrieben worden waren. Indes der letzte aus der Feder bzw. dem Bleistift von Hannelore stammte.

Die Frage nach dem „warum" beantwortete Hannelore damit, dass ihr Bestreben darin gelegen hätte ihren Gefühlen für Paul die angemessene Gestaltung und die am trefflichsten gewählte Wortwahl zuteilwerden zu lassen.

Und da wäre Bettina – so der Name der Verfasserin – als erwachsene Person zweifelsohne mit wesentlich mehr Erfahrung ausgestattet gewesen.

All dies leuchtete Paul vollkommen ein, und seine Liebe, wie auch seine Achtung vor Hannelore wuchs in diesem Augenblick um ein gewaltiges Stück.

Es folgten zwei wunderbare, glückliche Wochen mit viel Badevergnügen und gegenseitigem Anschmachten.

Am Ende von Pauls Ferientagen bei der Tante, gelobte man sich weiterhin eifriges gegenseitiges Schreiben, vielleicht nicht gerade mit Bleistift; dafür aber mit den eigenen Worten.

Als Paul in den Zug stieg, versehen mit einem dicken Kuss Hannelores auf die Wange, war er mit seinem Leben mehr als zufrieden.

Wie hätte er auch wissen können, wie sich die Dinge weitentwickeln würden.

Es bleibt meist nicht aus, dass eine Beziehung mit Schwierigkeiten verbunden ist, wenn sich die Liebenden nicht regelmäßig sehen können.

Und obwohl der Briefwechsel zwischen Paul und Hannelore aufrecht erhalten geblieben war, entwich doch langsam, aber stetig die Luft aus ihrer Beziehung.

So kam es dann auch, wie es kommen musste. Irgendwann schlief die Beziehung dann ganz ein. Sanft und unspektakulär, so wie Hasso, der alte Schäferhund von Familie Merz, Pauls Nachbarn…

*„DANKE!!!"*

Die innere Stimme von Regisseur Paul Lindner hatte dieses Mal nicht das scharfe „CUT" hinausgebrüllt. Im Gegenteil, seine Augen leuchteten und er empfand fast ein wenig Stolz.

*„Das war gute Arbeit; vielen Dank! Ab in den Kopierraum!"*

*****

Paul hatte die Augen geöffnet. Er empfand ein Gefühl tiefer Zufriedenheit und sein Blick fiel hinunter auf die Stadt.

Sein Haus lag auf einer Anhöhe, etwas außerhalb der Stadt, eingebettet in ein großes Grundstück und weit genug entfernt von irgendwelchen störenden Nachbarn.

Während er auf die Stadt hinunterschaute, musste er unwillkürlich an Sabine denken. Genauer gesagt an ein gemeinsam verbrachtes Silvester mit ihr.

Paul schloss die Augen. Er wandte sich wieder seinem Drehbuch zu und begann mit der Vorbereitung für den nächsten „Take" (Filmszene)

*****

## Kapitel 2 – Sabine

*„Kamera klar? "*

*„Kamera läuft! "*

*„Ton klar? "*

*„Ton ist klar! "*

*„Klappe! "*

FANTASY PRODUCTION
*Es war so vieles falsch*

TITLE *Sabine*

DIRECTOR *Paul Lindner*

| DATE | SCENE | TAKE |
|------|-------|------|
| *Jetzt* | **1** | **1** |

*„Sabine – Take 1!"*

*„Und bitte!"*

Paul hatte – zusammen mit drei anderen Mitschülern – eine Schulband gegründet. Da waren Herbert, der Banjospieler, Freddy an der Gitarre, Horst mit der Trompete und dem Waschbrett, und schließlich Paul selbst, der Klarinette spielte.

Sie spielten bei kleineren Anlässen, auch außerhalb der Schule, und sie hatten schon eine kleine Schar Fans und Groupies.

Eines dieser Groupies hieß Sabine, und war die kleine Schwester von Freddy. Freddy hieß mit richtigem Namen eigentlich Manfred, ließ sich aber – in Anlehnung an Freddy Quinn – lieber „Freddy" nennen.

Sabine, zarte 15 Jahre alt, hatte sich in Paul verliebt, und Paul erwiderte diese Gefühle. Er selbst war in der Oberprima und auf dem Weg zum Abitur.

Der Stiefvater von Paul hatte die Gebietsvertretung für einen renommierten Autokonzern, und er zählte zu den reichsten und angesehensten Bürgern der Stadt.

Er hatte außerdem noch einen Sitz im Stadtrat und war Aufsichtsratsmitglied der hiesigen Sparkasse. Einige Jahre nach der Trennung von Pauls leiblichem Vater hatte Pauls Mutter wieder geheiratet, und sein neuer Vater hatte Paul adoptiert.

Der Vater von Manfred und Sabine war ein kleiner Beamter beim Finanzamt, und er betrachtete die Freundschaft seiner Tochter mit Paul mit größtem Wohlwollen.

Der Kauf eines neuen Autos stand schon einige Zeit auf der Agenda des Finanzbeamten, und wer weiß, vielleicht könnten sich Kaufgespräche in eine angenehme Richtung entwickeln.

Paul, der bereits einen Führerschein hatte, durfte sich gelegentlich einen Vorführwagen ausleihen. Seine Mutter war davon nicht gerade begeistert; aber der Vater stand voll hinter Paul, sah er doch in seinem Sohn den potentiellen Nachfolger.

Und so stand sonntäglichen Ausflügen mit Sabine nichts im Wege. Meistens zu viert, wobei Banjospieler Herbert und seine Freundin Gisela das Quartett ergänzten.

Ein, zwei Decken zum darauf liegen, Getränke und die Instrumente. Das waren die Zutaten für ein sommerliches Sonntagsnachmittagsvergnügen.

Während Herbert und Gisela ungeniert herumschmusten, beließen es Paul und Sabine mehr beim „Händchenhalten".

Nicht, dass es Paul seinem Freund Herbert nicht gern gleichgetan hätte, war die Schüchternheit von Sabine doch ein kaum zu überwindendes Bollwerk.

Paul ordnete das Drängen seiner Lenden der Schüchternheit von Sabine unter. Etwas anderes wäre für ihn nie in Frage gekommen.

\*\*\*\*\*

Wenige Tage vor Silvester erhielt Paul eine Einladung von Horst, dem Trompetenspieler und „Washboard-Player", zusammen mit Freunden in das neue Jahr hinein zu feiern.

„*Bring doch Sabine mit*", so die Aufforderung von Horst, was Paul mit den Worten abtat:

„*Das würde ihr Vater sicher nicht erlauben.*"

„*Und wenn Sabines Bruder sein liebes Schwesterlein zur Party mitbringt*", fragte Horst.

„*Ach so*", antwortete Paul, „*ich wusste ja nicht, dass Freddy auch dabei ist*", sagte Paul freudig.

„*Ist er ja auch nicht; aber das muss sein <Alter>
ja nicht wissen; auch nicht, dass du dabei bist*", entgegnete Horst, und bevor Paul darauf reagierte, fuhr
Horst fort:

„*Sabine verlässt mit ihrem Bruder am Silvester-
abend das elterliche Heim, und wenig später steigt sie
bei dir ins Auto. Dann fährst du mit ihr zu uns auf die
Hütte, und Freddy zieht seines Weges.*"

„*Und wo feiert Freddy?*", fragte Paul.

„*Das weiß ich nicht*", antwortete Horst, „*und es ist
mir auch schnuppe. Oder wäre es dir lieber, Sabines
Bruder würde euch beim Knutschen zusehen?*"

„*Sachte, sachte*", erwiderte Paul, „*ich möchte
nicht, dass du so redest.*"

„*Nun hab dich mal nicht so*", sagte Horst mit einem breiten Grinsen. „*Ick wollte dir nicht verletzen.*"

Die letzten Worte sagte Horst in einem Dialekt,
welcher unverkennbar auf seine Herkunft schließen
ließ. Horst war Berliner, und erst vor einem Jahr hierhergezogen.

„*Und du glaubst, das funktioniert so?*", fragte Paul
skeptisch.

„*Hundertprozentig*", antwortete Horst. „*Oder
glaubst du, der Vater von Freddy und Sabine schlägt
eine von Herrn Dr. Wohlfahrt ausgesprochene Einladung für seine Kinder aus?*"

*„Ach so"*, sagte Paul, *„jetzt verstehe ich es erst. Deine Eltern sind bei der Silvesterparty dabei."*

*„Spinnst du?"*, erwiderte Horst lachend, *„ganz bestimmt nicht. Bist du wirklich so naiv oder tust du nur so?"*

Jetzt schien bei Paul der Groschen gefallen zu sein.

*„Du bist ganz schön raffiniert"*, sagte er scheinbar erleichtert, um kurz darauf erneute Bedenken zu äußern.

*„Und was ist, wenn Sabines Eltern um Mitternacht anrufen, um <Prosit Neujahr> zu wünschen?"*

*„Auf der Hütte gibt es kein Telefon, du Esel"*, beruhigte Horst den Freund, der allmählich begann sich zu freuen.

*****

Es verlief genauso, wie Horst es vorhergesagt hatte. Sabines Vater willigte ein, dass sie mit auf die Silvesterparty gehen durfte, jedoch unter dem besonderen Schutz ihres großen Bruders, und mit der Auflage, dass sie nur ein Gläschen Sekt um Mitternacht trinken dürfte, ansonsten alkoholfrei bleiben sollte.

Paul war überglücklich, als Sabine zu ihm ins Auto stieg. Sie fuhren in Richtung Hütte. Sabine hatte ihre Hand auf das Knie von Paul gelegt, und Radio Luxemburg spielte einen Schmachtfetzen nach dem anderen.

Sie hatten das Stadtgebiet verlassen, und Paul bog unweit der Hütte in einen Seitenweg. Er stellte den Motor ab und machte die Scheinwerfer aus.

Seine Hand ging auf Entdeckungsreise. Er öffnete Sabines Bluse und ertastete ihren kleinen Busen. Sabine saß wie versteinert neben Paul, ließ ihn aber gewähren.

Dadurch ermutigt und spürbar erregt, wendete sich Paul der tiefer gelegenen Körperregion von Sabine zu. Als er mit der Hand in ihren Slip greifen wollte, sagte Sabine mit leiser Stimme:

*„Bitte nicht."*

Die Art wie sie es sagte und ihr ängstlicher Blick ließen Paul von weiteren Aktionen abhalten. Er schaute Sabine nur liebevoll an und nickte.

*„Lass uns bitte fahren"*, sagte Sabine, während sie ihre Bluse wieder zuknöpfte, *„die anderen warten sicher schon."*

Die Stunden bis Mitternacht wurden mit Feuerzangenbowle und Knabbergebäck verbracht, und um Punkt Mitternacht wurde mit einem Glas Sekt in der Hand das neue Jahr begrüßt

Danach traten alle vor die Hütte und betrachteten das Feuerwerk, das über der ganzen Stadt abgeschossen, und mit viel „OH" und „AH" bedacht wurde.

Sabine hielt sich fest an Paul geschmiegt. Im Schutze der Dunkelheit gab sie Paul einen langen Kuss und sagte die wunderbarsten Worte deutscher Sprache:

*„Ich liebe dich!"*

Es war kurz vor 01:00 Uhr, als Freddy aufkreuzte. Er trank mit den Anwesenden noch ein Gläschen und sagte dann zu Paul:

*„Jetzt muss ich aber mein Schwesterlein nachhause bringen, sonst macht der alte Herr Probleme.*

*Wenn du willst, fahre ich voraus und du fährst mit Sabine hinterher. Kurz vor unserem Haus steigt dann Sabine zu mir ins Auto."*

*„Du kannst aber noch hierbleiben, und ich fahre gleich bei Manfred mit"*, sagte Sabine.

*„Auf gar keinen Fall"*, antwortete Paul, *„wie kannst du nur so etwas vorschlagen."*

*„Ich meine ja nur"*, sagte Sabine, die mit keiner anderen Antwort gerechnet hatte.

*****

Kaum dass Paul sein Abitur in der Tasche hatte, flatterte auch schon der Stellungsbefehl ins Haus.

Er hatte heimlich darauf gehofft, dass er sich zum Studium anmelden könnte, und dadurch der „Pflicht fürs Vaterland" zu entgehen.

Wohl bedingt dadurch, dass er – ebenso wie Freddy – zweimal eine „Ehrenrunde" drehen musste, und inzwischen das zarte Alter von fast 22 Jahren erreicht hatte, ging sein Plan nicht auf.

Es half nichts, Paul musste in die Kaserne einrücken. Der Abschied von Sabine fiel beiden sehr schwer.

Paul gelobte eifrig zu schreiben, und Sabine gelobte es ihm gleichzutun.

Und wie versprochen, schrieb Paul schon nach zwei Wochen den ersten Brief, erfüllt von der Hoffnung auf baldige Antwort.

Jeden Morgen, wenn die Post verteilt wurde, und die Namen der Empfänger verlesen wurde, stand Paul mit klopfendem Herzen bei seinem Kameraden und wartete darauf, dass sein Name genannt werden würde.

Aber nichts geschah.

„*Mein Brief muss wohl bei der Post verloren gegangen sein"*, tröstete sich Paul nach zwei Wochen, und setzte sich sofort daran einen weiteren Brief zu verfassen.

Und wieder das gleiche Prozedere: Schreiben, absenden, warten und hoffen.

Nachdem er dieses Spiel mehrmals wiederholt hatte, ohne dass auch nur eine einzige Antwort von Sabine gekommen wäre, gab er sein Vorhaben auf.

Komisch fand Paul nur, dass die Korrespondenz zwischen seinen Eltern und ihm klaglos funktionierte.

*„Das würde sich schon alles klären"*, sprach sich Paul selbst Mut zu, *„spätestens bei meiner ersten Heimfahrt."*

Es dauerte danach fast ein Vierteljahr, bis Paul seinen ersten „Heimaturlaub" bewilligt bekam.

Nach der stürmischen Begrüßung durch seine Mutter, zog sich Paul sofort um. Er wollte nicht in Uniform das Haus verlassen.

Sein erster Weg führte ihn ins Café Kramer, den Jugendtreff in der Stadt. Er hoffte dort Sabine antreffen zu können.

Sabine war nicht da, aber ihr Bruder Freddy. Als er Paul sah, stürmte er auf ihn zu und umarmte ihn.

*„Mensch Paul, du bist aber dünn geworden. Geben die dir nichts Gescheites zu essen?"*

Fast die gleichen Worte hatte auch Pauls Mutter gewählt, als sie ihren Sohn begrüßte.

Paul war nie wirklich dick; aber anscheinend hatte er ein paar Kilo verloren.

*„Ist Sabine nicht da?"*, fragte er.

Freddy druckste herum, bevor er antwortete. Er fragte Paul:

*„Warum hast du ihr nicht geschrieben? Sie hat oft geweint deswegen."*

*„Ich habe ihr geschrieben, sogar mehrmals"*, antwortete Paul mit größter Heftigkeit, *„aber Sabine hat nie darauf geantwortet."*

Jetzt sahen sich die beiden Freunde erwartungsvoll an. Jeder wartete darauf, dass der andere etwas sagen würde. Freddy brach das unerträgliche Schweigen, indem er sagte:

*„Kläre das bitte mit Sabine. Ich halte mich lieber raus."*

*„Ist sie zuhause?"*, fragte Paul, fest entschlossen Sabine zur Rede zu stellen.

*„Nein"*, antwortete Freddy, *„aber morgen Abend kannst du sie sehen. Wir spielen in der <Tenne>."*

Paul überlegte, ob er Freddy glauben solle. Dann drehte er sich um und verließ das Café.

Die „Tenne" war ehemals eine Scheune, die man zu einem großen Saal mit Bühne umgebaut hatte, in welchem samstagabends Musik gemacht wurde.

Freddy hatte – nach dem zwangsläufigen Ausscheiden von Paul – zwei weitere Musikbesessene aufgetrieben, und die Schulband in eine Band umgewandelt, die regelmäßige Auftritte hatte.

Als Paul die Tenne betrat, war sie schon ziemlich voll. Er bewegte sich in Richtung Bühne, und dann sah er auch schon Sabine, die an einem Tisch saß, der für die Band und ihre Angehörigen reserviert war.

*„Hallo Sabine!"*

Sabine drehte sich um, als sie die Stimme von Paul gehört hatte. Sie schaute ihn verwundert an. Es war offenkundig, dass Freddy nichts von dem Treffen am Tag davor erwähnt hatte.

Wenn Paul geglaubt hatte, Sabine würde ihm freudig um den Hals fallen, so sah er sich jetzt gründlich getäuscht.

Ihr Blick war kühl, ja beinahe schon ablehnend. Paul verstand die Welt nicht mehr. Was war geschehen, dass Sabine ihn so behandelte?

*„Können wir kurz reden?"*, fragte er und sah Sabine dabei flehend an. Sabine überlegte einen Augenblick und antwortete:

*„Aber nicht hier; lass uns nach draußen gehen."*

Paul folgte Sabine, welche eiligen Schrittes dem Ausgang zustrebte. Draußen angekommen, zündete sie sich eine Zigarette an und sagte dann:

*„Was willst du?"*

Paul schluckte.

*„Seit wann rauchst du?"*, fragte er erstaunt.

*„Das ist nicht wichtig"*, antwortete Sabine schon fast schnippisch, *„sag, was du willst, damit ich wieder hineingehen kann."*

Paul spürte ein Würgen in seinem Hals.

*„Das kann doch nicht Sabine sein"*, hämmerte es in seinem Kopf, *„seine Sabine, die er so sehr liebte."*

*„Warum hast du meine Briefe nicht beantwortet?"*, fragte er jetzt, und seine Stimme klang fordernd.

*„Ganz einfach"*, antwortete Sabine, *„weil du mir keine geschrieben hast."*

*„Waaas?"*

Paul hatte es förmlich hinausgeschrien.

*„Ich habe dir viele Briefe geschrieben; aber du hast keinen einzigen beantwortet."*

„*Das ist nicht wahr*", antwortete Sabine trotzig, „*ich habe keinen einzigen bekommen. Wahrscheinlich hast du eine andere dort kennengelernt.*"

„*Das ist Quatsch*", antwortete Paul, „*und wenn du angeblich keinen Brief von mir bekommen hast, warum hast du mir dann nicht geschrieben?*"

„*Weil ich keine Adresse von dir hatte, du Dummkopf*", antwortete Sabine.

Der Ton war schärfer geworden. Sabine hatte allerdings recht, denn Paul kannte seine Adresse nicht, bevor er zum ersten Mal in die Kaserne fuhr.

Und dann geschah etwas, was der Jugend der beiden geschuldet war. Beide klappten ihr Visier herunter und verschanzten sich hinter ihrem Stolz.

„*Vielleicht hast du ja einen anderen gefunden*", eröffnete Paul die Schlacht.

„*Ja, stell dir vor*", entgegnete Sabine, „*es gibt einen anderen.*"

„*Hat er dir auch das Rauchen beigebracht?*", startete Paul die Gegenattacke.

„*Das war nicht nötig*", antwortete Sabine, „*ich bin ja schon ein großes Mädchen und kein kleines Kind mehr.*"

„*Da wäre ich mir nicht so sicher*", stichelte Paul zurück, und ihm fiel auf, dass Sabine die Fingernägel in grellem Rot lackiert hatte und Lippenstift benutzte.

„*Dann ist es wohl jetzt aus mit uns beiden*", sagte Paul und schaute Sabine herausfordernd an.

Sabine nahm die Herausforderung an und antwortete:

„*Das ist ja wohl sonnenklar, ich will nichts mehr mit dir zu tun haben.*"

**CUT!!!**

Die innere Stimme von Regisseur Paul Lindner hatte sich vehement zu Wort gemeldet.

„*Du lieber Himmel, das kann auf gar keinen Fall so bleiben.*

*Wir drehen neu. Und zwar ab dort, wo Paul im Café auf Freddy trifft.*"

„*Kamera klar?*"

„*Kamera läuft!*"

„*Ton klar?*"

„*Ton ist klar!*"

*„Klappe!"*

FANTASY PRODUCTION
Es war so vieles falsch

TITLE Sabine

DIRECTOR Paul Lindner

| DATE | SCENE | TAKE |
|------|-------|------|
| Jetzt | 1 | 2 |

*„Sabine – Take 2!"*

*„Und bitte!"*

Es dauerte danach fast ein Vierteljahr, bis Paul seinen ersten „Heimaturlaub" bewilligt bekam.

Nach der stürmischen Begrüßung durch seine Mutter, zog sich Paul sofort um. Er wollte nicht in Uniform das Haus verlassen.

Sein erster Weg führte ihn ins Café Kramer, den Jugendtreff in der Stadt. Er hoffte dort Sabine antreffen zu können.

Sabine war nicht da, aber ihr Bruder Freddy. Als er Paul sah, stürmte er auf ihn zu und umarmte ihn.

*„Mensch Paul, du bist aber dünn geworden. Geben die dir nichts Gescheites zu essen?"*

Fast die gleichen Worte hatte auch Pauls Mutter gewählt, als sie ihren Sohn begrüßte.

Paul war nie wirklich dick; aber anscheinend hatte er ein paar Kilo verloren.

*„Ist Sabine nicht da?"*, fragte er.

Freddy drückste herum, bevor er antwortete:

*„Sabine ist sauer auf dich, weil du ihr nicht geschrieben hast."*

*„Aber ich habe ihr doch geschrieben"*, antwortete Paul, *„sogar mehrmals."*

*„Das versteh ich nicht"*, antwortete Freddy.

*„Glaubst du mir nicht?"*, fragte Paul voller Entsetzen.

*„Natürlich glaube ich dir"*, antwortete Freddy, *„schließlich bist du ja mein bester Freund."*

*„Und wie erklärst du mir dann, wieso Sabine meine Briefe nicht bekommen hat?"*, fragte Paul.

Freddy hielt inne. Er dachte nach und äußerte dann einen schlimmen Verdacht.

„*Wann hast du Sabine den ersten Brief geschrieben.*"

„*Ich glaube, ca. 2 Wochen nach dem Einrücken in die Kaserne.*"

„*Warum erst so spät?*", fragte Freddy.

„*Weil ich in den ersten Tagen der Ausbildung am Abend todmüde ins Bett gesunken bin. Und außerdem durften wir am Anfang noch nicht in die Kantine gehen.*"

„*Was hat das mit der Kantine zu tun?*", fragte Freddy erstaunt.

„*Weil man dort Briefpapier, Umschläge und Briefmarken kaufen kann*", entgegnete Paul. „*Aber egal; wieso fragst du mich das alles?*"

„*Das will ich dir sagen*", antwortete Freddy, „*weil mein Vater – kaum warst du eingerückt – sich bei deinem Vater ein neues Auto kaufen wollte.*"

„*Ja und?*", fragte Paul erwartungsvoll.

„*Das dürfte irgendwie nicht so geklappt haben*", antwortete Freddy, „*denn als er nachhause kam, schimpfte er wie ein Rohrspatz über das Autohaus Lindner.*"

\*\*\*\*\*

Was die beiden Freunde nicht wissen konnten und auch nie erfahren würden, war der Verlauf des Gesprächs im Autohaus Lindner:

Verkäufer: *„Sie sind also am Kauf eines Autos interessiert. Neuwagen oder gebraucht?"*

Freddys Vater: *„Neu, natürlich."*

Verkäufer: *„Haben Sie ein bestimmtes Modell im Auge?"*

Freddys Vater: *„Bevor wir weitermachen, könnten Sie bitte Ihren Chef rufen? Wir sind gute Bekannte."*

Verkäufer: *„Selbstverständlich, mein Herr."*

Der Verkäufer entschuldigt sich, verschwindet kurz und kehrt dann mit Pauls Vater zurück.

Freddys Vater: *„Grüß Gott, Herr Lindner, wie geht es Ihnen, und wie geht es dem lieben Paul. Sabine leidet sehr unter der Trennung der beiden."*

Pauls Vater schaut verwirrt. Er kann mit den Worten von Freddys Vater nicht wirklich etwas anfangen. Freddys Vater bemerkt es und versucht zu erklären:

*„Die beiden sind ja so verliebt…"*

„Ach ja", antwortet Pauls Vater, der noch immer nicht so recht weiß, was der Mann eigentlich von ihm will. Er entzieht sich der Situation, indem er sagt:

*„Bei unserem Herrn Göller sind Sie in guten Händen; er wird Sie bestens beraten."*

Dann streckt er Freddys Vater die Hand entgegen, und mit den Worten *„Grüßen Sie Ihre Gattin recht herzlich und viel Vergnügen mit dem neuen Auto!"* verlässt er den Raum.

Der völlig verwirrte Verkäufer will gerade wieder in das Verkaufsgespräch einsteigen, als Freddys Vater aufsteht, und ohne ein weiteres Wort zu sagen ebenfalls den Raum verlässt.

\*\*\*\*\*

*„Was hat der Autokauf deines Vaters mit meinen Briefen zu tun?"*, fragte Paul seinen Freund.

*„Genau weiß ich das auch nicht"*, antwortete Freddy, *„jedenfalls war er ab diesem Tag nicht mehr zu genießen."*

*„Ja gut, aber ich erkenne noch immer nicht den Zusammenhang"*, sagte Paul.

„Es ist doch seltsam", begann Freddy vorsichtig seine Hypothese, „zuerst die unglückliche Begegnung mit deinem Vater, und bald darauf das Verbot meines Vaters an Sabine, die Verbindung mit dir zu beenden."

„Und die Briefe?", insistierte Paul.

„Du bist aber schwer von Begriff", lachte Freddy, „was ist, wenn mein Vater deine Briefe abgefangen hat?"

„Hätte deine Mutter das denn zugelassen?", fragte Paul überrascht.

„Die würde sich nie erlauben sich gegen meinen Vater zu stellen."

„Mein Gott, wenn das wahr ist", sagte Paul, „dann müssen wir das Sabine unbedingt sagen."

„Sachte, sachte, mein Lieber", hielt Freddy den Freund zurück. „Erstens sind das nur Vermutungen, für die wir keine Beweise haben, und zweitens stellt sich die Frage, ob das Papakind Sabine das glaubt."

„Das wird sich ja herausstellen", sagte Paul. „Wie kann ich Sabine treffen? Zu euch nachhause kann ich ja schlecht."

„Da hast du aber so was von recht", lachte Freddy, „mein Vater würde dich sicher erwürgen."

„Was soll ich denn machen?", fragte Paul.

*„Komm morgen Abend in die <Tenne>, da spielen wir, und Sabine wird auch da sein. "*

Als Paul die „Tenne" betrat, war sie schon ziemlich voll. Er bewegte sich in Richtung Bühne, und dann sah er auch schon Sabine, die an einem Tisch saß, der für die Band und ihre Angehörigen reserviert war.

*„Hallo Sabine!"*

Sabine drehte sich um, als sie die Stimme von Paul gehört hatte. Sie schaute ihn verwundert an. Es war offenkundig, dass Freddy nichts von dem Treffen am Tag davor erwähnt hatte.

*„Können wir kurz reden?"*, fragte er und sah Sabine dabei flehend an. Sabine überlegte einen Augenblick und antwortete:

*„Aber nicht hier; lass uns nach draußen gehen. "*

Paul folgte Sabine, welche umgehend dem Ausgang zustrebte. Draußen angekommen, zündete sie sich eine Zigarette an und sagte dann:

*„Was willst du? "*

*„Mit dir reden"*, antwortete Paul.

Sabine sah Paul lange an. Dann sagte sie mit Tränen in den Augen:

*„Warum hast du nie geschrieben? Ich habe jeden Tag, wenn ich aus der Schule kam, gefragt, ob Post für mich gekommen sei, und jedes NEIN tat so weh..."*

Paul nahm Sabines Hand, sah ihr fest in die Augen und antwortete:

*„Was ich dir jetzt sage, wirst du nur schwer glauben können. Aber denke bitte daran, dass ich dich nie belogen habe."*

Dann gab Paul das Gespräch wieder, welches er mit Freddy geführt hatte. Das Entsetzen in Sabines Gesicht nahm kontinuierlich zu. Am Ende des Berichts sagte Paul noch:

*„Deine Mutter weiß bestimmt davon; frag sie!"*

Sabine begann zu weinen. Paul nahm sie in den Arm, und Sabine ließ ihn gewähren.

*„Es tut mir so unendlich leid, Sabine; bitte, glaube mir."*

*„Ich möchte ja gern"*, erwiderte Sabine, *„aber es will mir einfach nicht in den Kopf, dass Vati das gemacht hat."*

*„Und was geschieht jetzt mit uns beiden?"*, fragte Paul vorsichtig.

Sabine vermied eine direkte Antwort. Stattdessen sagte sie:

*„Ich habe jetzt einen kleinen Nebenjob. Ich helfe Erika im Café aus."*

Das Café „Erika" war ein kleines Café in der Fußgängerzone, in welches eher ältere Menschen oder Touristen gingen.

*„Und das erlaubt dir dein Vater?"*, fragte Paul.

*„Ja"*, antwortete Sabine. *„Vati ist mit Erikas Mann befreundet. Sie spielen jeden Freitagabend Karten, zusammen mit einem jungen Lehrer und einer Frau, die vor kurzem hierhergezogen ist und in der Sparkasse arbeitet."*

Dass Sabine vermieden hatte auf Pauls vorige Frage zu antworten, hatte ihn stutzig gemacht. Und die Art, wie Sabine den „jungen Lehrer" betonte, bestärkt zusätzlich seinen Verdacht.

*„Ist etwas zwischen dir und dem Lehrer"*, fragte Paul direkt und Sabine errötete.

*„Wir verstehen uns alle sehr gut"*, wich Sabine aus. *„Patrizia mag ich besonders. Sie gibt mir gute Tipps."*

*„Tipps, wie man sich schminkt, z.B."*, fragte Paul und ergänzte:

*„Patrizia ist wohl die Dame von der Sparkasse."*

*„Ja"*, antwortete Sabine, *„sie ist Witwe und eine leidenschaftliche Kartenspielerin."*

„*Und in deinem Alter?*", fragte Paul.

„*Nein*", antwortete Sabine, „*wohl eher in Vatis Alter.*"

„*Hat Vati vielleicht ein Auge auf Patrizia geworfen?*", ätzte Paul und hätte sich im selben Augenblick auf die Zunge beißen können ob dieser Bemerkung. Sabine sah Paul vorwurfsvoll an.

„*Das war dumm und gemein*", sagte Paul, „*bitte, entschuldige!*"

„*Ist schon gut*", entgegnete Sabine.

„*Du bist mir noch eine Antwort schuldig*", sagte Paul.

„*Was meinst du?*", gab sich Sabine unschuldig.

„*Ach lass nur*", sagte Paul, „*ist auch nicht so wichtig.*"

„*Bist du mir böse?*", fragte Sabine und beantwortete damit indirekt Pauls Frage nach ihrer gemeinsamen Zukunft.

„*Nein*", antwortete Paul, „*dazu liebe ich dich viel zu sehr. Ich wünsche dir alles Gute und pass gut auf dich auf.*"

„*Du auch*", sagte Sabine, gab Paul einen Kuss auf die Wange und fragte dann:

„*Gehst du wieder mit hinein?*"

„*Lieber nicht*", antwortete Paul, „*ich möchte jetzt gern allein sein.*"

Es war für Paul der traurigste Moment in seinem Leben. Er wünschte sich, dass er und Sabine irgendwann Freunde werden könnten; aber das würde noch eine geraume Weile dauern...

**DANKE!!!**

Die innere Stimme von Regisseur Paul Lindner war mit dieser Schlussvariante höchst zufrieden.

„*Das war gute Arbeit; vielen Dank! Ab in den Kopierraum!*"

\*\*\*\*\*

**Kapitel 3– Sophie**

„*Kamera klar?*"

„*Kamera läuft!*"

„*Ton klar?*"

„*Ton ist klar!*"

*„Klappe!"*

FANTASY PRODUCTION
*Es war so vieles falsch*
TITLE... *Sophie*
DIRECTOR... *Paul Lindner*

| DATE | SCENE | TAKE |
|------|-------|------|
| *Jetzt* | **1** | **1** |

*„Sophie – Take 1!"*

*„Und bitte!"*

Paul hatte den Militärdienst schlecht und recht hinter sich gebracht und war in das Zivilleben zurückgekehrt.

Sein Vater stellte ihn vor die Wahl, entweder im eigenen Betrieb zu arbeiten oder ein Studium zu beginnen.

Weil die Autobranche so gar nicht sein Ding war, beschloss Paul Philosophie zu studieren, was sein Vater nun überhaupt nicht verstehen konnte.

Als Mann der praktischen Dinge fand er zu diesem Studienzweig einfach keinen Zugang.

Paul fand hingegen sehr schnell Gefallen an seinem Studium, was seinen Vater dann doch etwas stolz machte, was er jedoch niemals zugegeben hätte.

Als Paul erste Studienerfolge vorweisen konnte, schenkte ihm sein Vater einen Sportwagen. Das war die perfekte Ergänzung zu seinem Aussehen und seinem unwiderstehlichen Charme.

Obwohl sein Gönner nicht sein leiblicher Vater war, hätte man glauben können, dass er von ihm ebendiese Gene vererbt bekommen hätte.

Nach einigen Liaisonen, welche nicht zuletzt durch den Sportwagen zustande gekommen waren, traf er eines Tages auf Sophie, eine Verkäuferin in einem Blumenladen.

Es hatte sofort zwischen den beiden gefunkt. Paul wollte Blumen kaufen für den Geburtstag seiner Mutter, währenddessen ein Wortgeplänkel zwischen Käufer und Verkäuferin entstand, welches Paul sehr gefiel.

Am Ende des Kaufvorgangs fragte Paul die Verkäuferin, ob sie Lust hätte mit ihm am kommenden Samstag ins Kino zu gehen.

Der Film „Doktor Schiwago" mit Omar Sharif und Julie Christie in den Hauptrollen war der perfekte Anreiz dafür.

Sophie sagte spontan zu, und so verabredete man sich für den Samstagnachmittag. Paul hatte noch den Besuch einer Eisdiele vorgeschlagen, welche man vor dem Kinobesuch wahrnehmen könnte. Man vereinbarte, dass man sich dort treffen sollte. Das Abholen bei ihren Eltern hatte Sophie abgelehnt.

Es war Samstagnachmittag, 16:00 Uhr, als Sophie pünktlich vor dem Eissalon auftauchte, wo Paul schon auf sie wartete.

Sophie Haller, 17 Jahre alt, Tochter einer Arbeiterfamilie, Einzelkind, streng katholisch und wunderschön. Groß, brünette Haare, tolle Figur und lange, wohlgeformte Beine, welche in hochhackigen Schuhen steckten.

Paul war überwältigt. Das alles war im Blumenladen nicht zu sehen. Eine grüne Schürze hatte das Gesamtkunstwerk gut verdeckt gehalten.

Als sie im Inneren Platz genommen hatten, fiel Paul auf, dass Sophie nicht zum ersten Mal hier war. Junge Leute, etwa in ihrem Alter, grüßten sie und einige von ihnen schauten ganz genau hin, wer der Begleiter von Sophie wohl wäre.

Paul war auch aufgefallen, dass die Wangen von Sophie ein leichtes Rot aufgezogen hatten, und zwar ein natürliches Rot, kein geschminktes.

Es überraschte ihn. Die Blumenverkäuferin mit den flotten Sprüchen war nicht dieselbe Person, der er gerade gegenübersaß.

Sophie wirkte fast ein wenig schüchtern.

*„Ist es dir unangenehm"*, fragte Paul, *„möchtest du lieber woanders hingehen?"*

Ihm war in diesem Augenblick bewusst geworden, dass er ja doch um einige Jahre älter war als Sophie.

*„Nein, nein"*, beeilte sich Sophie zu sagen, *„warum? Ist doch schön hier. Oder gefällt es dir nicht?"*

*„Doch, natürlich"*, erwiderte Paul, *„ich dachte nur..."*

Sophie schien ihn verstanden zu haben, und als wolle sie dies bekräftigen, legte sie ihre Hand auf die Hand von Paul und sagte:

*„Dann lass uns bestellen. Ich kann dir den <Coup d'Amour> empfehlen, der schmeckt himmlisch."*

Da war es wieder, das Blumenmädchen, an dem er vor ein paar Tagen so sehr Gefallen gefunden hatte.

*„Das nehme ich, das klingt vielversprechend"*, sagte Paul und schenkte Sophie einen Blick, der zum Namen der Eis Création vortrefflich passte.

„Doktor Schiwago", vulgo Omar Sharif brachte alle Frauenherzen zum Schmelzen, so auch das von Sophie. Ohne Taschentuch wäre der Film gar nicht zu bewältigen gewesen.

Als Paul und Sophie nach dem Film das Kino verließen, hatte Sophie leicht gerötete Augen.

*„Geht dir so ein Film gar nicht nahe?"*, fragte Sophie.

Paul war überrumpelt ob dieser Frage, und er suchte nach einer Antwort, welche der Erwartung der Fragenden gerecht werden könnte.

*„Doch, doch"*, antwortete Paul geflissentlich, *„da waren schon ein paar berührende Momente, die mich ergriffen haben."*

Kaum, dass ihm diese Worte über die Lippen gegangen waren, fragte sich Paul, was er gerade gesagt hatte. Das war doch nicht er, das entsprach noch nicht einmal annähernd seinem Charakter.

*„Das ist schön, dass du das sagst"*, antwortete Sophie, *„ich mag keine Machos, die sich über Gefühle lustig machen."*

Paul lächelte. Er hatte unbewusst das Richtige gesagt, auch wenn es nicht wirklich seine Überzeugung widerspiegelte.

Es war für Paul das erste Mal, dass er sich auf eine Frau näher einließ. Waren seine bisherigen Beziehungen einzig auf das Sexuelle ausgerichtet, so hatten sich dieses Mal Gefühle dazu geschlichen, ohne dass es Paul bemerkt hatte. Es verunsicherte ihn, denn er wusste nicht, wie er damit umgehen sollte.

*****

*„Greifen Sie zu, Herr Lindner, genieren Sie sich nicht. Es ist genug da."*

Paul saß im Wohnzimmer der Familie Haller, Sophies Eltern, die ihn zu Kaffee und Kuchen eingeladen hatten.

*„Sehr gern, Frau Haller, und vielen Dank für Ihre freundliche Einladung."*

Frau Hallers Augen leuchteten, und sie schaute bedeutungsvoll zu Herrn Haller, der ihren Blick freudig erwiderte.

So einen feinen Gast hatten sie noch nie, und erst das tolle Auto vor dem Haus; einfach wunderbar.

*„Was machen Sie beruflich, Herr Lindner?"*, fragte Frau Haller, eindeutig der Chef in der Familie, dem sich Ehemann und Tochter willig unterordneten.

Herr Haller, von Beruf Werkzeugmacher, war ein untersetzter, etwas übergewichtiger Mann, der eine gewisse Ruhe und Gelassenheit ausstrahlte.

Ganz im Gegensatz dazu, Frau Haller: sehr schlank, ja schon fast dünn, eher der Typ einer gespannten Feder, die jederzeit zerreißen könnte.

*„Ich studiere"*, antwortete Paul.

*„Und was?"*, fragte Herr Haller überraschenderweise, hatte er doch bisher das Geschehen schweigend mitverfolgt.

„*Philosophie*", antwortete Paul, was dazu führte, dass der Frage nicht mehr weiter nachgegangen wurde, wohl aus Angst vor der Komplexität.

„*Sind Sie nicht schon zu alt dafür?*"

Diese Frage von Frau Haller ließ die Zeit einfrieren. Es war, als hätte jemand eine Granate geworfen, und alle warteten auf die Detonation.

Paul blickte überrascht, Sophie erschrocken, Herr Haller entsetzt und Frau Haller erwartungsvoll.

Herr Haller reagierte als erster.

„*Möchten Sie noch ein Stück Kuchen?*", fragte er zaghaft.

Paul hatte sich gefangen.

„*Nein danke, Herr Haller*", antwortete er, „*ich habe ja das erste Stück noch gar nicht gegessen. Er schmeckt übrigens vorzüglich. Mein Kompliment für die Bäckerin.*"

„*Den habe ich gebacken*", antwortete Herr Haller, „*ich habe ursprünglich Bäcker und Konditor gelernt, musste aber wegen einer Mehlallergie aufhören.*"

„*Das ist schade*", antwortete Paul, „*bei dem Talent...*"

„*Vielen Dank, Herr Lindner*", antwortete Herr Haller, „*das ist nett, dass Sie das sagen.*"

Unterdessen saß Frau Haller noch immer erwartungsvoll auf ihrem Stuhl und warf ihrem Mann einen zürnenden Blick zu, war dieser ihr doch unvermindert in die Parade gefahren.

Paul hatte es bemerkt und widmete sich wieder umgehend der Gastgeberin.

*„Um auf Ihre Frage zurück zu kommen, liebe Frau Haller"*, sagte Paul mit faserschmeichelnder Stimme, *„ich musste vor dem Studium noch meinen Militärdienst ableisten, und außerdem dauert ein Philosophiestudium schon eine geraume Weile."*

Damit waren die Wogen wieder geglättet, bevor sie überschwappen konnten. Paul widmete sich weiterhin dem wirklich köstlich schmeckenden Kuchen, und Sophie war erleichtert, dass die Fragestunde durch die gestrenge Frau Mama glimpflich zu Ende gegangen war.

Als sich Paul dankend von seinen Gastgebern verabschiedete, bekam er noch ein schweres Paket mit auf den Weg.

*„Vielleicht bringen Sie beim nächsten Mal Ihre lieben Eltern mit, Herr Paul."*

Diese Drohung, ausgesprochen von Frau Haller, und die etwas intimere Anrede seiner Person, ließen Paul heftig erschrecken.

*„Jetzt müssen wir uns aber beeilen"*, sagte er auffordernd zu Sophie und hielt ihr die Autotür dabei auf.

Ein kurzes Nicken in Richtung Ehepaar Haller, und dann brachte sich Paul mit Vollgas aus dem Gefahrenbereich.

*„Wieso müssen wir uns beeilen?"*, fragte Sophie.

*„Weil ich endlich mit dir allein sein möchte, mein Lämmchen"*, antwortete Paul, und Sophie begnügte sich mit der Erklärung. Genauer gesagt, sie gefiel ihr sogar.

Es war das erste Mal, dass Paul für Sophie das Kosewort „Lämmchen" verwendete. Es war ihm einfach herausgerutscht, und je länger er darüber nachdachte, umso zutreffender fand er es.

\*\*\*\*\*

Sophies 18. Geburtstag fiel auf einen Sonntag. Paul hatte sie und ihre Eltern für 18:00 Uhr in ein feines Restaurant eingeladen. Pauls Mutter war ebenfalls mitgekommen.

Sein Vater verweigerte sich mit der Begründung der Unpässlichkeit, sicherte aber dafür die Kostenübernahme zu.

Als der Champagner als Aperitif gereicht wurde, nahm Mutter Haller einen kräftigen Schluck und zeigte sich davon sehr angetan. Vater Haller nippte nur am Glas und dokumentierte den Vorgang mit den Worten:

*„Ein Bier wäre mir lieber."*

Dieser äußerst sympathisch vorgebrachten Bewertung eines Mannes für ein Getränk, zu welchem er zeitlebens keinen Zugang hatte, veranlasste Paul beim Ober ein Bier zu bestellen.

Mutter Haller veranlasste dieser Vorgang zu einer leisen Kritik an ihrem Ehegespons, indem sie - für die restliche Tischgesellschaft nicht vernehmbar – mit böser Mine das Wort „Prolet" ausstieß.

Das anschließende Essen wurde eher schweigsam genossen, und Herr Haller hielt sich die ganze Zeit über zurück, hatte er doch als einziger das Schimpfwort verstanden.

Es war wohl gegen 21:00 Uhr, als Paul ein Taxi für die Hallers rief. Mutter Haller bedankte sich überschwänglich bei Paul, und Herr Haller klopfte ihm einfach kommentarlos auf die Schulter.

Die Mutter von Paul saß im Fond von Pauls Wagen, als er sie nachhause fuhr. Sophie wollte ihr den Platz neben Paul anbieten, was Pauls Mutter jedoch dankend ablehnte.

Ein gelegentlicher Blick in den Rückspiegel ließ Paul erkennen, dass sich seine Mutter so ihre eigenen Gedanken über die letzten Stunden machte.

Er sah in ihr Gesicht, das mehr sagte als tausend Worte. Ausgesprochen hätte sie es nie. Dazu liebte sie ihren Sohn viel zu sehr.

Als sie angekommen waren, öffnete Paul seiner Mutter die Tür des Wagens, und war ihr beim Aussteigen behilflich.

Sie bedankte sich, gab Paul einen Kuss auf die Wange und sagte:

*„Deine Sophie ist ein sehr liebes Mädel, pass gut auf sie auf."*

Als sie in Richtung Haus ging, drehte sie sich noch einmal um und winkte Sophie zu.

Sophie winkte zurück und sagte:

*„Deine Mutter ist eine sehr liebe Frau; ich mag sie sehr."*

Paul wollte schon erwidern, dass dies auf Gegenseitigkeit beruhte, unterließ es aber. Stattdessen sagte er:

*„Jetzt gehen wir tanzen. Ich habe uns im Waldschlössel einen Tisch reserviert."*

Das „Waldschlössel" war ein Restaurant mit einem großen Saal, in dem jeden Sonntagabend Tanz mit Livemusik veranstaltet wurde. Im Obergeschoss gab es auch Zimmer zu mieten.

Was Sophie nicht wusste, war, dass Paul ein Zimmer reserviert hatte.

Als Paul ihr im Verlaufe des Abends davon erzählte, war Sophie zunächst geschockt. Sie konnte sich nur allzu leicht vorstellen, warum Paul das gemacht hatte.

Seine bisherigen Versuche mit ihr zu schlafen, hatte sie erfolgreich abgewehrt. Irgendwann hatte er ihr das Versprechen abgerungen, dass sie – sobald sie 18 Jahre alt sei – seinem Drängen nachgeben würde.

Dass dies jedoch genau an ihrem Geburtstag sein würde, damit hatte sie nicht gerechnet.

*„Du hast es mir versprochen"*, sagte Paul, *„und ich freue mich schon so sehr darauf."*

Und ergänzend: *„Freust du dich denn gar nicht mir diesen Liebesbeweis schenken zu können?"*

*„Doch, doch"*, antwortete Sophie überhastet, der gerade die Felle davon zu schwimmen drohten.

*„Na siehst du"*, sagte Paul, *„du wirst sehen, das wird ganz wunderbar."*

So schön, wie der Tag für Sophie begonnen hatte, so bitter und enttäuschend endete er.

Sophie war wie versteinert. Als Paul sie entkleidete, ließ sie es einfach geschehen. Und auch, als er in sie eindrang, fühlte sie einfach nur eine große Leere.

Paul hatte ohne Vorspiel, und ohne eine Spur von Zärtlichkeit seiner Erregung stattgegeben, was schlimme Folgen nach sich zog.

Für Sophie war es das erste Mal; sie war noch Jungfrau.

*„Hör bitte auf"*, flehte Sophie, *„du tust mir weh."*

*„Das ist nur, weil du dich sperrst"*, erwiderte Paul. Er war über die Maßen erregt, sodass er die Tränen, welche Sophie über das Gesicht rannen, gar nicht wahrnahm.

*„Hör auf, es tut weh!"*

Dieses Mal war es keine Bitte, es war ein Aufschrei. Sophie stieß Paul dermaßen heftig gegen die Brust, dass dieser sein unseliges Tun augenblicklich abbrach.

Er wälzte sich auf die Seite und schaute Sophie entgeistert an.

*„Was hast du nur?"*, fragte er, immer noch nicht begreifend, was er angestellt hatte. *„Du hast es doch selbst gewollt."*

*„Du hast es gewollt"*, sagte Sophie mit schriller Stimme, *„ich wollte es nicht, jetzt noch nicht. Aber du hast mich völlig überrumpelt."*

Jetzt wurde Paul übergriffig.

*„Willst du warten, bis du eine alte Jungfer bist?"*

*„Du bist gemein"*, sagte Sophie und begann hemmungslos zu weinen.

Paul erkannte in diesem Moment, was er getan hatte. Eine tiefe Reue erfasste ihn. Er wollte Sophie in den Arm nehmen; aber Sophie wich entsetzt zurück.

*„Fass mich nicht an"*, sagte sie mit leiser Stimme und kurz danach:

*„Ich hasse dich!"*

Der Graben, der sich in diesem Augenblick auftat, war von einer solchen Tiefe, dass seine Überwindung unmöglich schien.

Paul war sich dessen voll bewusst.

*„Es tut mir leid. Ich werde mich jetzt anziehen und hinuntergehen. Dort werde ich auf dich warten, und dich dann nachhause fahren, wenn du das möchtest."*

Sophie nickte und Paul verließ kurz darauf das Zimmer.

Die Fahrt zurück verlief schweigend. In Pauls Kopf hämmerte es wie wild. Er hätte am liebsten alles ungeschehen gemacht. Dabei hatte er sich alles so schön vorgestellt.

Als sie vor Sophies Elternhaus angekommen waren, stieg Sophie wortlos aus.

Paul wollte noch etwas sagen; aber es ging nicht. Sophie ging auf die Haustür zu, ohne sich ein einziges Mal umzudrehen.

*****

*„Ist Fräulein Haller heute nicht da?"*

Paul stand im Blumenladen und fragte eine der Verkäuferinnen nach Sophie.

*„Nein"*, antwortete die Verkäuferin, *„Fräulein Haller ist krank. Kann ich Ihnen weiterhelfen?"*

*„Wann kommt sie denn wieder?"*, fragte Paul.

*„Das weiß ich nicht; aber wenn Sie wollen, dann rufe ich den Chef. Der weiß vielleicht mehr."*

*„Vielen Dank, das ist nicht nötig"*, entgegnete Paul, *„ich komme dann ein anderes Mal wieder."*

Seit jener unseligen Nacht waren schon zwei Wochen vergangen, ohne dass Paul Kontakt mit Sophie hatte. Er konnte den Mut nicht aufbringen zu Sophie nach Hause zu fahren.

Paul vertiefte sich in sein Studium, um sich den bohrenden und drängenden Fragen seines Gewissens nicht stellen zu müssen.

Er war die Situation jener Nacht gedanklich schon mehrere Male durchgegangen, ohne auf ein befriedigendes Ergebnis zu kommen.

Den Fragen seiner Mutter nach Sophie wich er gekonnt aus, ebenso den Lokalitäten, in welchen er auf Sophie hätten treffen können.

Nach sechs weiteren Wochen kam ein Brief von Sophie.

*„Hallo Paul,*

*ich schreibe Dir diesen Brief, weil ich glaube, dass es besser für uns beide ist, wenn wir Abstand bewahren. Das unschöne Ereignis – Du weißt ja, was ich meine – habe ich inzwischen verarbeitet. Es war nicht leicht und eine tiefe Wunde wird wohl auch zurückbleiben; aber ich blicke nach vorne.*
*Ich habe jetzt einen Freund in meinem Alter, der gut zu mir passt. Er ist erst vor kurzem hierhergezogen, und er weiß nichts von uns beiden. Ich möchte, dass das so bleibt.*
*Ich möchte Dich auch bitten mich nicht anzusprechen, sollten wir uns irgendwann zufällig begegnen.*
*Was geschehen ist, ist geschehen. Ich habe es Dir verziehen; aber vergessen kann ich es nicht.*
*Ich möchte mich dennoch für die schönen Stunden bedanken, die es ja auch gegeben hat, und ich möchte Dir alles Gute wünschen,*

*Sophie“*

**„CUT!!!“**

Die innere Stimme von Regisseur Paul Lindner unterbrach vehement.

*„Um Gottes Willen, so geht das nicht, Leute. Wir gehen zurück bis zum <Waldschlössel> und drehen neu."*

*„Kamera klar?"*

*„Kamera läuft!"*

*„Ton klar?"*

*„Ton ist klar!"*

*„Klappe!"*

*„Sophie – Take 2!"*

*„Und bitte!"*

Das „Waldschlössel" war ein Restaurant mit einem großen Saal, in dem jeden Sonntagabend Tanz mit Livemusik veranstaltet wurde. Es gab auch Zimmer zu mieten.

Was Sophie nicht wusste, war, dass Paul ein Zimmer gebucht hatte.

Als Paul ihr im Verlaufe des Abends davon erzählte, war Sophie zunächst geschockt. Sie konnte sich nur allzu leicht vorstellen, warum Paul das gemacht hatte.

Seine bisherigen Versuche mit ihr zu schlafen, hatte sie erfolgreich abgewehrt. Irgendwann hatte er ihr das Versprechen abgerungen, dass sie – sobald sie 18 Jahre alt sei – seinem Drängen nachgeben würde.

Dass dies jedoch genau an ihrem Geburtstag sein würde, damit hatte sie nicht gerechnet.

*„Du hast es mir versprochen"*, sagte Paul, *„und ich freue mich schon so sehr darauf."*

Und ergänzend: *„Freust du dich denn gar nicht mir diesen Liebesbeweis schenken zu können?"*

*„Doch, doch"*, antwortete Sophie überhastet, der gerade die Felle davon zu schwimmen drohten.

*„Na siehst du"*, sagte Paul, *„du wirst sehen, das wird ganz wunderbar."*

Nach ein paar weiteren Tänzen später ging Paul zur Rezeption, um sich den Zimmerschlüssel geben zu lassen.

Er hatte ein Einzelzimmer gebucht, denn ein Doppelzimmer wäre nicht gegangen, weil Sophie noch nicht volljährig war.

Dann ging er zu Sophie zurück und begab sich mit ihr ins Zimmer.

Sophie fühlte eine tiefe Beklemmung, als sie auf das Bett zuging. Sie setzte sich darauf.

*„Willst du zuerst ins Bad gehen, oder soll ich?"*, fragte Paul erwartungsvoll.

In diesem Moment begann Sophie zu weinen. Es war kein Aufschrei der Seele, eher nur ein kleiner Protest; aber Ausdruck größter Traurigkeit.

*„Was hast du, Lämmchen?"*, fragte Paul erschrocken.

*„Ich habe Angst"*, antwortete Sophie mit leiser Stimme.

*„Das brauchst du nicht, mein Liebling"*, entgegnete Paul.

*„Ich habe so etwas noch nie gemacht"*, sagte Sophie, *„es ist das erste Mal."*

*„Du brauchst keine Angst zu haben, ich werde ganz behutsam sein"*, entgegnete Paul, und als Sophie ihn mit ihren wunderschönen, großen, tränenerfüllten Augen wortlos ansah, fügte er hinzu:

*„Wenn du möchtest, dann können wir es auch auf ein anderes Mal verschieben, wenn du dazu bereit bist."*

Sophie lächelte Paul dankbar an und antworte dann, völlig überraschend für Paul:

*„Du bist so lieb. Ich möchte, dass wir es jetzt tun. Und bitte, tu mir nicht weh."*

Paul nahm Sophies Gesicht in seine Hände und küsste sie.

*„Ich werde sehr behutsam sein, und du kannst jederzeit STOP sagen, wenn du das möchtest."*

Was dann folgte, war ein unbeschreibliches Erlebnis für beide.

Für Paul, weil er den Liebesakt in einer nie zuvor geübten Zärtlichkeit und mit hingebungsvoller Geduld ausübte.

Und für Sophie, weil sie ihn ohne Schmerzen, vor denen sie sich so sehr gefürchtet hatte, genießen konnte.

Paul und Sophie blieben nach dieser Nacht noch fast ein ganzes Jahr lang zusammen.

Danach trennten sie sich als gute Freunde, die ein unvergessliches Erlebnis verband.

Sophie hatte inzwischen einen gleichaltrigen, jungen Mann kennengelernt, der neu in die Stadt zugezogen war.

Als Sophie Paul davon in Kenntnis setzte, gab er sie ohne jedweden Groll frei. Eine wunderschöne Liebesepisode hatte ihr Ende gefunden. Es war ein Ende, frei von Gehässigkeiten und Verletzungen; aber reich an schönen Erinnerungen...

*DANKE!!!*

Die innere Stimme von Regisseur Paul Lindner war einmal mehr mit dieser Schlussvariante höchst zufrieden.

*„Das war gute Arbeit; vielen Dank! Ab in den Kopierraum!"*

Paul Lindner öffnete die Augen. Er empfand etwas, das er sich nur schwer erklären konnte. Es fühlte sich an, als würde er gerade etwas reparieren, das schwer beschädigt war.

Er schloss wieder seine Augen, öffnete das Manuskript, um das nächste Kapitel in Angriff zu nehmen.

*****

## Kapitel 4 – Dorothea

*„Kamera klar?"*

*„Kamera läuft!"*

*„Ton klar?"*

*„Ton ist klar!"*

*„Klappe!"*

*„Dorothea – Take 1"*

*„Und bitte!"*

Nach Sophie widmete sich Paul vermehrt seinem Studium und brachte es zu einem guten Abschluss. Er hatte inzwischen ein Volontariat bei einer namhaften Zeitung angetreten.

Anlässlich einer Veranstaltung des örtlichen St. Paulus-Klinikums, traf Paul auf Dorothea. Dorothea war die Tochter von Professor Wilfried Höllerer, dem Chefarzt der Klinik.

Es war Liebe auf den ersten Blick. Dorothea war eine großgewachsene, schlanke Frau mit halblangen, braunen Haaren. Ihr Kleiderstil war eher konservativ, was Paul ein wenig überraschte.

Als Tochter einer so renommierten Persönlichkeit, welche Professor Höllerer ohne Zweifel war, konnte man das zwar erwarten; aber Dorothea war jung, und die damalige Mode schrie förmlich nach ausgefallenen Kleidern.

Das erste Rendezvous brachte dann Licht ins Dunkel. Dorothea war eine wohlerzogene Tochter, die eher einem scheuen Reh glich, denn einer wilden Hummel.

Als Dorothea Paul ihren Eltern vorstellte, wurde Paul so einiges klar. Dorotheas Mutter war eindeutig die graue Eminenz in der Familie, deren strengem Reglement sich selbst der Herr des Hauses beugte.

Sie ließ ihre Tochter deutlich spüren, dass sie nur eine untergeordnete Rolle spielte, gab es doch noch zwei Brüder, welche in ihren Berufen sehr erfolgreich waren.

Werner, der ältere, war Chef einer großen Versicherungsgesellschaft, und Bernd stand kurz vor dem Abschluss seines Medizinstudiums.

Er war unverkennbar Mamas Liebling, und er hatte die strikte Order der Mutter sein ganzes Streben auf die potentielle, spätere Nachfolge seines Vaters auszurichten.

Nach nur einem halben Jahr gab die Familie Höllerer die Verlobung ihrer Tochter mit Paul Lindner bekannt.

Dorotheas Mutter machte keinen Hehl daraus, dass Paul keinesfalls die erste Wahl für ihre Tochter darstellte. Ihre Vorstellung, bezogen auf einen würdigen Schwiegersohn, lag mindestens bei einem akademischen Grad.

Und ein Autohausbesitzer, ein gesellschaftlicher Parvenü, samt seiner Gattin als Gegenschwieger – naja…

Fast genau auf den Tag ihres Kennenlernens fand ein Jahr später malheureusement dann doch die Hochzeit von Paul und Dorothea statt.

Als Pauls Mutter ihren Sohn befragte, ob er denn glücklich sei mit Dorothea, gab Paul nicht sofort eine Antwort darauf.

Nachdem er sie mit einem deutlichen JA gegeben hatte, sah ihn seine Mutter lange eindringlich an. Dann sagte sie:

*„Das freut mich, mein Junge; ich hoffe, du wirst glücklich."*

Paul musste in diesem Augenblick an Sophie denken. Sie wäre zweifellos die Wunschkandidatin seiner Mutter gewesen.

*****

Als Melanie geboren wurde, war Pauls Mutter überglücklich. Der kleine Lockenkopf entwickelte sich prächtig, und Pauls Mutter konnte sie gar nicht oft genug auf ihrem Arm halten.

Ein gutes Jahr später folgte Petra, das zweite Mädchen. Die beiden waren wie Tag und Nacht. Während Melanie pflegeleicht war, entwickelte sich Petra immer mehr zu einem kleinen Tyrannen.

Das führte dazu, dass die große Schwester der kleinen Schwester ständig Verhaltensmaßnahmen aufoktroyieren wollte.

Es ergaben sich immer wieder Situationen, bei welchen Paul sich veranlasst fühlte einzuschreiten, was dann wiederum zu Spannungen zwischen den Eheleuten führte.

Paul hatte sich einen Traum erfüllt, der sich in Wirklichkeit nicht so anfühlte, wie er sich das vorgestellt hatte:

Vater, Mutter, Kinder und eitel Sonnenschein – eine richtige Familie eben.

Die Wirklichkeit wich jedoch gewaltig von seinen Vorstellungen ab.

Ständige Reibereien mit Melanie, eine völlig überforderte Mutter und ein total verkorkstes Intimleben.

Immer öfter, wenn Pauls Körper sein Recht forderte, war Dorotheas Müdigkeit ein unbezwingbarer Gegner.

Das war der Nährboden für Frust. Paul, inzwischen gestandener Journalist, wendete sich immer mehr dem Alkohol und dem anderen Geschlecht zu.

Es mangelte auch nicht an Gelegenheiten. Weder auf den Alkoholkonsum bezogen, noch auf die holde Weiblichkeit.

Nach außen hin spielten sie weiter die perfekte Familie, aber innerhalb ihrer vier Wände war davon kaum noch etwas zu spüren.

*****

Dorothea war die perfekte Hausfrau und Mutter. Wenn Gäste kamen, waren diese voll des Lobes für die Kochkünste der Hausfrau und die wohlerzogenen Kleinen.

Das kleine Haus, außerhalb der Stadt an einem Waldrand gelegen, war Treffpunkt für heftige Gelage.

Paul warf im April den Grill an, der dann bis Oktober fast durchgängig in Benützung war.

Angefreundete Ehepaare aus der Nachbarschaft, welche sich ebenfalls in diesem kostengünstigen Neubaugebiet angesiedelt hatten, mutierten zu Dauerbesuchern.

Es ging bei solchen Parties immer hoch her, was irgendwann zu Problemen führte.

Einige Bewohner des tiefer gelegenen Dorfes hatten sich darüber beschwert, dass mitten im Sommer Feuerwerk gezündet worden war.

Den pyrotechnischen Feierlichkeiten lagen die Geburtstage zweier Partyteilnehmer zugrunde. Es waren dies der Geburtstag von Dorothea und von Iris, einer Freundin.

Paul hatte das Feuerwerk organisiert. Er kannte einen jungen Mann, der einen kleinen Laden in der Stadt betrieb, in welchem er pyrotechnische Artikel verkaufte.

Strenggenommen immer um Silvester herum. Der Bitte von Paul konnte sich der junge Geschäftsmann nur schwer verschließen, hatte Paul doch seinerzeit einen Artikel über die Eröffnung des Ladens geschrieben.

In solchen Momenten schien die Welt noch in Ordnung. Eine laue Sommernacht, Fleisch vom Grill, Bier, Schnaps, Wein und alles in großen Mengen.

Dazu Musik, die bis weit hinunter ins Dorf zu hören war.

Kaum, dass diese sinnesfreudige Zeit vorüber war, änderte sich wieder alles. Die Freunde blieben aus, Dorothea beschränkte sich wieder auf die Erziehung der Kinder, und Paul kehrte zu seinem lockeren Lebenswandel zurück.

Viele Termine für die Zeitung, viel unterwegs und fast nur noch zuhause, um sich umzuziehen. Dorothea versuchte immer wieder einmal einen Zugang zu Paul zu finden; aber dieser blockte ab.

*****

Melanie und Petra waren richtige Musterschüler geworden. Melanie stand kurz davor ins Gymnasium zu wechseln, und dass Petra ihr im kommenden Jahr folgen würde, das stand außer Zweifel.

Gelegentliche Besuche von Pauls Eltern ließ dieser willig über sich ergehen; aber wenn Ungemach drohte in Form von Besuchen seiner Schwiegereltern, dann fand Paul tausend Ausreden diesen gekonnt auszuweichen.

Das blieb jedoch nicht ohne Folgen. Die Kluft zwischen ihm und Dorotheas Eltern war so tief geworden, dass diese sich weigerten fortan einen Fuß in Pauls Haus zu setzen.

Also lag die Lösung darin, dass Dorothea mit den Kindern – anlässlich irgendwelcher Ferien –ihre Eltern besuchte, um dort ein paar Tage zu verweilen.

Der honorige Herr Professor besaß ein kleines Ferienhaus am See, was auf die Kinder bezogen ein wirkungsvoller Magnet war.

Schwimmen, Bootfahren, Angeltouren mit dem Großvater, welches Kind hätte da wohl widerstehen können.

Paul war nicht entgangen, dass sich Melanie nach und nach immer mehr von ihm entfremdet hatte.

Er war jedoch viel zu sehr mit sich selbst beschäftigt und zu egoistisch, um auch nur die kleinste Anstrengung zu unternehmen, dem entgegen zu wirken. Außerdem hatte er ja noch Petra.

Petra war Pauls Liebling. Sie liebte ihren Papa heiß und innig. Das wiederum führte zu Spannungen zwischen den Geschwistern.

Als Dorothea nach ihrem dreiwöchigen Urlaub während der Sommerferien, den sie mit den Kindern bei ihren Eltern am See verbracht hatte, nach Hause kam, erschrak sie.

Berge von Wäsche und Geschirr harrten ihrer geduldig, um zeitnah bewältigt zu werden.

*„Hättest du nicht wenigstens ein klein bisschen aufräumen können?"*, fragte sie Paul, als er am Abend nachhause kam.

*„Hättest du nicht zuhause bleiben können, anstatt mit unseren Kindern zu Papi und Mammi zu ziehen?"*

Dorothea gab keine Antwort darauf. Warum auch? Was hätte sie einem nach Alkohol riechenden Ehemann darauf erwidern sollen, und das auch noch vor den Kindern?

In den nächsten Tagen suchte Dorothea immer wieder das Gespräch mit Paul; aber ohne Erfolg. Sie ging so weit, dass sie versuchte mit Paul zu schlafen, um eine Basis zu finden, was dieser aber brüsk ablehnte.

Es folgten Tage des Schweigens. Gelegentliche Einnahmen von Mahlzeiten, an denen alle bei Tisch versammelt waren, bildeten die einzigen Gemeinsamkeiten in dieser Zeit.

Dorothea war der Verzweiflung nahe. Sie verstand nicht, warum Paul so war. Sie liebte ihn noch immer, und sie war nicht bereit ihn aufzugeben.

Das Fass lief dann endgültig über, als Paul nach einem Abendtermin nicht nach Hause gekommen war.

Es war der 50. Geburtstag eines bekannten Hoteliers, und zugleich das 75-jährige Bestehen des Familienbetriebes in dritter Generation, zu welchem Paul geschickt worden war.

Helmut Reiterer, so der Name des Geburtstagskindes, war ein langjähriger Anzeigenkunde und zudem auch noch mit Paul persönlich bekannt und befreundet.

Es war eine Schar von illustren Gästen, vornehmlich aus Politik und Wirtschaft, die sich an leckeren Speisen und Getränken delektierten.

Der Rest der Anwesenden setzte sich aus Mitgliedern der Familie zusammen. Zu ihr gehörte auch Manfred, der Bruder des Jubilars und dessen Ehefrau Jaqueline.

Manfred Reiterer war das genaue Gegenteil seines Bruders. Während Helmut ein Genussmensch durch und durch war, war dessen Bruder eher der Typ „Schlaftablette".

Jaqueline, seine Ehefrau, war ein Ausbund von Lebenslust und Temperament, und es drängte sich die Frage auf, wie dieser Langweiler an diese tolle Frau gekommen war.

Als Helmut Paul die Frau seines Bruders vorstellte, begann etwas, was sich von ganz allein verselbständigte.

Ein heftiger Funkenflug setzte ein, und ein Feuer begann, das sich von Tanz zu Tanz weiter steigerte.

Manfred Reiterer, ein überzeugter Nichttänzer, saß währenddessen vor eine Flasche Rotwein und kommunizierte mit ihr.

Es war gegen Mitternacht, als Jaqueline ihren schlafbedürftigen, nicht mehr ganz standfesten Gatten zu Bett brachte.

Zur großen Überraschung kam sie kurz darauf wieder zurück; denn die Party war ja noch in vollem Gange.

Helmut, der Schwager der tanzwütigen Lady sah dies mit einem skeptischen Blick, zumal ihm nicht entgangen war, was sich augenscheinlich zwischen Jaqueline und Paul gerade zu entwickeln schien.

*„Es geht mich nur bedingt etwas an"*, sagte er zu Paul, *„ihr seid erwachsene Menschen, und ihr seid beide verheiratet. Ich möchte nur keinen Skandal, und ich möchte meine Geburtstagsfeier in guter Erinnerung behalten."*

Paul sah Helmut erstaunt an. Er war sich nicht sicher, wie er die Worte des Freundes deuten sollte. Als er etwas sagen wollte, kam ihm Helmut zuvor:

*„Überlege dir also gut, was du machst, mein Lieber.* Und nach einer kurzen Pause:

*„Sei bitte vorsichtig!"*

Jetzt war Paul völlig verunsichert. Wollte Helmut ihn gerade davon abhalten oder nur warnen? Paul antwortete einfach nur:

*„Ich werde vorsichtig sein. Ich verspreche es dir."*

Zwei Stunden später ging die Tür von Pauls Zimmer vorsichtig auf, und kurz darauf schmiegte sich der weiche Körper eines schnurrenden Kätzchens an ihn.

Helmut hatte einem Teil der Gäste Zimmer angeboten, so sie nicht mehr imstande wären nach Hause zu fahren. Paul hatte es dankend angenommen.

Es wurde ein kurzer, heftiger Liebesakt, und so wie Jaqueline gekommen war, verschwand sie auch wieder; wie eine schnurrende Katze auf ihren samtenen Pfoten.

*****

Den Duft von Jaqueline konnte Paul zwar am nächsten Morgen abduschen, bevor er zu Dorothea nach Hause fuhr, und auch die Kratzspuren einer leidenschaftlichen Liebesnacht verdecken, nicht jedoch den Knutschfleck an seinem Hals.

*„Du bist so ein Schwein, schämst du dich denn gar nicht?"*

Mit diesen Worten begrüßte ihn Dorothea, deren gerötete Augen eine deutliche Sprache sprachen. Sie stand mit gepackten Koffern und den beiden Kindern vor ihm, als er bei der Tür hereinkam.

*„Ich werde mit den Kindern zu meiner Mutter fahren."*

Paul sah seine Frau entgeistert an. Mit so etwas hatte er nicht gerechnet. Er überlegte kurz, ob er etwas erwidern sollte, ließ es aber sein.

Er hatte dieses Mal den Bogen überspannt. Ein Blick zu Melanie ließ Paul in ein Gesicht blicken, das eher einem Erwachsenen glich als einem Kind.

Melanie sah ihren Vater mit ernstem, ja fast vorwurfsvollem Blick an, so als wolle sie ihm bedeuten, was für ein schlechter Ehemann, Vater und Mensch er doch wäre.

Kurz bevor Dorothea mit den Kindern das Haus endgültig verließ, sagte sie beim Hinausgehen:

*„Onkel Gottfried wird dich demnächst kontaktieren. Er wird für mich die Scheidung einreichen."*

Gottfried Höllerer war einer der drei Höllerer-Brüder und seines Zeichens Anwalt. Der dritte im Bunde hieß Klaus-Dieter und gehörte dem Klerus an.

Nur wenige Tage später kam der avisierte Scheidungsantrag mit der Post.

Und nur ein paar Wochen später wurde die Ehe von Paul und Dorothea Lindner einvernehmlich geschieden.

Das Sorgerecht für die Kinder teilten sich die Eltern und das Haus wurde verkauft. Dorothea zog zu ihren Eltern und Paul nahm sich eine kleine Wohnung in der Stadt.

**„CUT!"**

Die innere Stimme von Regisseur Paul Lindner überschlug sich förmlich, als er das rief.

„*Das ist ein Desaster*", fuhr er fort, „*die Aufnahme ist für die Tonne. Wir müssen fast den ganzen Take neu drehen. Wir beginnen mit der Geburt von Melanie.*"

„*Kamera klar?*"

„*Kamera läuft!*"

„*Ton klar?*"

„*Ton ist klar!*"

„*Klappe!*"

„*Dorothea – Take 2*"

*„Und bitte!"*

Als Melanie geboren wurde, war Pauls Mutter überglücklich. Der kleine Lockenkopf entwickelte sich prächtig, und Pauls Mutter konnte sie gar nicht oft genug auf ihrem Arm halten.

Ein gutes Jahr später folgte Petra, das zweite Mädchen. Die beiden waren wie Tag und Nacht. Während Melanie pflegleicht war, entwickelte sich Petra immer mehr zu einem kleinen Tyrannen.

Das führte dazu, dass die große Schwester der kleinen Schwester ständig Verhaltensmaßnahmen aufoktroyieren wollte.

Es ergaben sich immer wieder Situationen, bei welchen Paul sich veranlasst fühlte einzuschreiten, was dann wiederum zu Spannungen zwischen den Eheleuten führte.

Paul hatte sich einen Traum erfüllt, der sich in Wirklichkeit nicht so anfühlte, wie er sich das vorgestellt hatte:

Vater, Mutter, Kinder und eitel Sonnenschein – eine richtige Familie eben.

Die Wirklichkeit wich jedoch gewaltig von seinen Vorstellungen ab.

Ständige Reibereien mit Melanie, eine völlig überforderte Mutter und ein total verkorkstes Intimleben.

Immer öfter, wenn Pauls Körper sein Recht forderte, war Dorotheas Müdigkeit ein unbezwingbarer Gegner.

Das war der Nährboden für Frust. Paul, inzwischen gestandener Journalist, wendete sich immer mehr dem Alkohol und dem anderen Geschlecht zu.

Dorothea, die ihren Paul über alles liebte, litt sehr unter dieser Entwicklung. Jeder Versuch mit Paul darüber zu reden, wurde von ihm blockiert.

In ihrer ganzen Verzweiflung und Ratlosigkeit wandte sie sich an Pater Pirmin, ihren Onkel, der vor seinem Noviziat noch auf den Namen Klaus-Peter hörte.

„Onkel Klaus", wie ihn Dorothea nach wie vor nannte, hörte sich die Klage seiner Nichte an und sagte dann:

*„Liebe Doro, Liebe lässt sich nicht erzwingen, sie ist ein Geschenk, das von einem Menschen an einen anderen weitergereicht wird.*

*Sie ist wie eine Pflanze mit vielen Blüten, an deren Anblick man sich erfreut, solange sie erblüht ist. Sie bedarf gründlicher Pflege, sonst verdorrt sie irgendwann.*

*Respekt, ab und zu ein liebes Wort, Verständnis, Rücksichtnahme und Geduld sind probate Mittel das zarte Pflänzlein <Liebe> am Leben zu erhalten."*

Dorothea Lindner sah erwartungsvoll in das gütige Gesicht ihres Onkels, das von einem feinen Lächeln umsäumt war.

Pater Pirmin erkannte, dass seiner Nichte etwas auf der Seele brannte, sie aber scheinbar nicht den Mut hatte es auszusprechen.

*„Sprich, mein Kind"*, half ihr der Pater, *„was immer es sein mag, sag es frei heraus!"*

*„Könntest du nicht mit Paul reden?"*, kam es endlich über Dorotheas Lippen.

Pater Pirmin, vulgo Onkel Klaus, lächelte. Er mochte seine Nichte. Sie war das einzige Mitglied der Familie Höllerer, dem er sich von Herzen verbunden fühlte.

*„Bring mir deinen Paul vorbei, und dann reden wir drei über die Liebe."*

*„Danke, Onkel Klaus"*, sagte Dorothea und fiel ihm um den Hals.

Als Dorothea wenig später das Kloster verließ, fühlte sie sich, als wäre eine schwere Last von ihr genommen worden.

Der schwerste Teil stand ihr jedoch noch bevor. Sie musste Paul irgendwie dazu bekommen mit ihr zu Onkel Klaus zu gehen.

Ihre große Hoffnung bestand darin, dass es ja Pater Pirmin war, der sie und Paul getraut hatte, und Paul eine gewisse Sympathie für den geistlichen Herrn hegte.

*****

*„Bist du übergeschnappt?"*

Das war die erste Reaktion von Paul, als er von der Einladung zum Gespräch bei Pater Pirmin erfuhr.

*„Ich soll mit einem Pfaffen über unser Intimleben reden? Weiß der denn überhaupt, was das ist?"*

*„Ganz sicher sogar"*, antwortete Dorothea, und dann erzählte sie vom Vorleben ihres Onkels.

Klaus-Dieter Höllerer, ein aufstrebender Architekt, der schon einige Wettbewerbe für sich entscheiden konnte, war mit einer schönen, intelligenten und äußerst liebenswerten, jungen Frau verlobt.

Die Hochzeit war bereits geplant, als das Schicksal gnadenlos zuschlug. Ein betrunkener Autofahrer beendete das Leben der jungen Braut, bevor sie vor den Altar treten konnte.

Klaus-Dieter Höllerer fiel in eine tiefe Sinnkrise. Er wandte sich dem Alkohol zu und war stark suizidgefährdet. Er sank immer tiefer, und noch bevor er völlig am Boden lag, fand er den Weg zu Gott.

*„Das wusste ich nicht"*, sagte Paul, der sich gerade fast ein wenig über seine vorhergegangene Reaktion schämte.

Und zu Dorotheas großer Überraschung fügte er noch hinzu:

*„Wenn dir so viel daran liegt, dann können wir das ja einmal versuchen."*

Als Paul und Dorothea Tage später zu Pater Pirmin kamen, hatte dieser schon Vorsorge getroffen.

Kaffee und Kuchen standen bereit, und auch eine Karaffe, in welcher sich – noch nicht erkennbar – Cognac oder Whiskey befinden sollte.

Pater Pirmin begrüßte seine Gäste sehr herzlich und bat sie tüchtig zuzugreifen. Paul war etwas verunsichert. Er sah diesen Mann heute zum zweiten Mal.

Vor der Hochzeit und auch danach hatte es kein Zusammentreffen gegeben. Er wusste auch nicht, wie er diesen Mann anreden sollte. Während der Hochzeit hatte er eine direkte Anrede vermieden.

*„Wie soll ich Sie nennen"*, fragte Paul vorsichtig.

*„Mein Name hier im Kloster ist <Pater Pirmin>"*, antwortete der Gefragte, *„aber du kannst mich gern*

*auch <Onkel Klaus> nennen, wie Doro das macht. Wähle das, womit du dich am wohlsten fühlst.“*

Das half Paul nicht wirklich weiter. „Pater Pirmin“ war ihm zu katholisch, und „Onkel Klaus“ zu familiär.

Pater Pirmin erkannte die Unsicherheit bei Paul, und er tat etwas, was Paul fast umhaute.

*„Eine dritte Variante, und wahrscheinlich die, welche dir am besten gefallen könnte, wäre <Klaus-Peter>“*

Dorothea sah ihren Onkel mit großen Augen an.

*„Das wäre mir tatsächlich am liebsten“*, antwortete Paul erleichtert, dessen Bewunderung für diesen Mann in diesem Moment gerade mächtig zu wachsen begann.

*„Darauf müssen wir anstoßen“*, sagte Pater Pirmin und füllte den Inhalt der Karaffe in drei Gläser, welche er einem Schränkchen entnahm.

Die Form der Gläser ließ jetzt auch auf den Inhalt der Karaffe schließen: Es war Cognac.

Nachdem sie sich gegenseitig zugeprostet und einen kräftigen Schluck genommen hatte, sagte Pater Pirmin:

*„Wollen wir jetzt über den Grund eures Besuches sprechen, und seid ihr beide bereit?“*

Dorothea bejahte die Frage und schaute erwartungsvoll zu Paul, der sein Einverständnis durch ein Kopfnicken dokumentierte.

*„Liebst du deinen Mann?"*, richtete Pater Pirmin seine erste Frage an Dorothea.

*„Ja, von ganzem Herzen"*, antwortete Dorothea.

*„Liebst du deine Frau noch?"*, fragte der Pater nun Paul, der überrascht zurückfragte:

*„Warum fragts du mich, ob ich Dorothea noch liebe, und nicht einfach, ob ich sie liebe, so wie du auch Dorothea gefragt hast?"*

*„Die Antwort liegt in deiner Frage"*, antwortete Pater Pirmin. *„Wärst du dir ebenso sicher mit deiner Antwort wie Doro, hättest du einfach mit <JA> geantwortet."*

Paul hielt inne und schaute den Pater intensiv an.

*„Was für ein kluger Mann"*, ging es ihm durch den Kopf, und er beschloss die Mauer einzureißen, welche er vor seinem Kommen vorsorglich aufgerichtet hatte.

Diesem Mann konnte er vertrauen. Er würde ein neutraler und gerechter Zuhörer und Beobachter sein.

*„Schlaft ihr noch miteinander?"*

Diese völlig unerwartete Frage riss beiden die Füße unter dem Boden weg. Paul und Dorothea sahen sich an, als hätte der Blitz gerade eingeschlagen.

*„Diese Antwort habe ich fast erwartet"*, sagte Pater Pirmin im Bezug auf das Schweigen seiner zwei Besucher.

*„Warum schläfst du nicht mehr mit deinem Mann?"*, richtete der Pater seine nächste Frage an Dorothea.

Dorothea, sichtlich errötet, begann herumzustottern:

*„Die Kinder, der Haushalt, und außerdem ist Paul kaum zuhause, und dann noch der Alkohol..."*

Paul wollte sich gerade einmischen, als ihn die Frage von Pater Pirmin wie ein Peitschenschlag traf:

*„Begehrst du diese Frau nicht mehr?"*

Pater Pirmin deutete dabei auf Dorothea, und sein Blick war von einer unverkennbaren Strenge.

Paul fühlte sich in die Enge getrieben. Sein Gegenüber im Mönchsgewand wurde ihm fast ein wenig unheimlich. Gedanken an die Inquisition klopften bei ihm an, die Paul aber sofort wieder von sich wies.

*„Ich weiß es nicht"*, antwortete Paul zaghaft, und er fragte sich, wann es aufgehört hatte, dass sein Körper nach dem Körper von Dorothea verlangte.

*„Die ausschließliche Liebe mit dem Herzen hat bei Eheleuten nur sehr schwer Bestand. Ohne ihre Stiefschwester, der Lust, wird sie irgendwann versiegen."*

Die Worte des geistlichen Herrn verwirrten Paul und Dorothea gleichermaßen, hätten sie so etwas doch niemals erwartet.

Paul sah Dorothea an, und plötzlich erinnerte er sich, wie alles begonnen hatte. Sie hatten ein erfülltes Intimleben, zumindest so lange, bis das erste Kind kam.

Von Stund an fixierte sich Dorothea ganz auf Melanie, und Paul opponierte nicht, weil es ihm egoistisch und rücksichtslos schien.

Es entwickelte sich im Unterbewusstsein eine Art Eifersucht auf die Zuwendung, welche Melanie durch Dorothea erfuhr, die vor Melanies Geburt ausschließlich ihm zuteil geworden war.

Leider schaffte es dieses Gefühl nie bis an die Oberfläche. Er reihte sich widerstandslos hinter Melanie und später auch Petra ein, ohne dass er sich dessen bewusst wurde.

*„Die Kinder"*, entfuhr es ihm plötzlich.

*„Was ist mit den Kindern?"*, fragte Pater Pirmin, dem sofort klar war, was Paul damit sagen wollte.

*„Nichts"*, antwortete Paul erschrocken.

Pater Pirmin sah Paul schweigend an. Er hätte Paul ermuntern können, das auszusprechen, was ihm gerade durch den Sinn gegangen war, unterließ es aber.

Stattdessen ergriff Dorothea die Initiative.

*„Was ist mit den Kindern?"*, wiederholte sie die Frage ihres Onkels, *„meinst du Melanie und Petra?"*

*„Wen sonst?"*, antwortete Paul gereizt.

Er fühlte sich in die Enge getrieben, und ein wenig schämte er sich seiner Feigheit wegen.

*„Die Wahrheit erfordert oft sehr viel Mut. Ihr einen Maulkorb umzuhängen mag eine Lösung für den Augenblick sein; aber nie auf Dauer"*, sagte Pater Pirmin, und Paul wurde der Mann in seiner Kutte immer unheimlicher.

*„Kannst du wirklich in die Menschen hineinsehen, Klaus-Peter?"*, fragte Paul, und er benützte zum ersten Mal die direkte Anrede, die er bisher immer vermieden hatte.

*„Nein, mein Lieber"*, antwortete Pater Pirmin, *„das vermag nur Gott."*

*„Da bin ich mir nicht mehr so sicher"*, dachte sich Paul, und ein Blick in das Lächeln eines Mannes, zu dem er noch bis vor kurzem keinen Zugang hatte, bestärkte ihn in seiner Annahme.

Paul wandte sich zu Dorothea um und sah sie an. Dorothea hatte Tränen in den Augen. Es schien, als wüsste sie, was Paul mit seiner Andeutung meinte.

*„Es tut mir so leid"*, sagte sie, *„bitte verzeih mir!"*

*„Nein, nein"*, stieß Paul heftig hervor, *„mir tut es leid. Wenn einer um Verzeihung bitten muss, dann ich."*

*„Warum hast du nie etwas gesagt?"*, fragte Dorothea, und Paul antwortete:

*„Weil ich den Mut nicht dazu hatte."*

Dann umarmten sich die beiden, und Pater Pirmin sagte:

*„In principio erat Verbum."*

*„Was heißt das, Onkel Klaus?"*, fragte Dorothea, und Paul kam dem Pater zuvor, indem er an seiner Statt antwortete:

*„Am Anfang war das Wort."*

Pater Pirmin lächelte und sagte:

*„Das ist richtig, mein lieber Paul, und es ist wichtig. Es ist wichtiger, als viele denken. Was im Evangelium des Johannes steht, sollte für alle Menschen gelten.*

*Und das gilt im Besonderen für Eheleute. Darum hört niemals auf miteinander zu reden. Wo das Wort abhandengekommen ist, ist auch keine Liebe mehr vorhanden. "*

\*\*\*\*\*

In den darauffolgenden Wochen und Monaten vollzog sich ein großer Wandel im Hause Lindner. Das ging anfänglich nicht ohne kleinere Probleme.

Während Petra den wiedergefundenen harmonischen Umgang ihrer Eltern miteinander mit großer Freude wahrnahm, war Melanie nicht gerade begeistert davon.

Sie sah ihre Vormachtstellung stark gefährdet und versuchte mit allen Mitteln dagegen anzukämpfen. Als sie sah, dass all ihre Bemühungen ins Leere verliefen, gab sie irgendwann auf.

Und so wurde aus vier Individualisten allmählich wieder eine Familie.

Paul bemühte sich, so oft wie möglich, zuhause zu sein, und er lehnte es strikt ab an Wochenenden Termine wahrzunehmen.

Dorothea widmete sich wieder ihrer großen Leidenschaft, der sie vor ihrer Ehe nachgegangen war; sie fing wieder an zu reiten.

Und ab und zu durften die Kinder bei ihren Großeltern übernachten und bescherten damit ihren Eltern ein paar sorgenfreie und genüssliche Stunden.

Selbst die Eltern von Dorothea sahen diese Entwicklung mit großer Genugtuung, was dazu führte, dass Professor Höllerer eines Tages seinen Schwiegersohn zu einem Gespräch bat.

*„Ich möchte dich bitten, dass du nicht missverstehst, was ich dir jetzt sagen werde"*, begann Schwiegerpapa Höllerer das Gespräch, und Pauls Gehirn löste ob dieser Einleitung umgehend Alarm aus.

*„Journalismus ist sicher eine respektable Tätigkeit für einen Mann, und ich habe auch hier und da schon einmal etwas von dir gelesen; aber ich glaube, du verkaufst dich unter Wert."*

Paul sah seinen Schwiegervater mit großen Augen an. Zum einen war er sicher, dass der honorige Herr Professor noch niemals auch nur eine einzige Zeile von ihm gelesen hatte, und zum anderen verstand er nicht, was die Bemerkung *„unter Wert verkaufen"* zu bedeuten habe.

Aber schon die nächsten Worte seines Schwiegervaters brachten die Erhellung.

*„Du hast doch Philosophie studiert und auch einen glänzenden Abschluss gemacht, so viel ich weiß"*, fuhr Professor Höllerer fort, und noch bevor Paul darauf reagieren konnte, ließ sein Schwiegervater die Katze aus dem Sack.

*„Der Dekan der Universität ist ein Korpsbruder von mir, und ich habe mit ihm über dich gesprochen.*

*Er hat mit in Aussicht gestellt, dass du als Dozent an der Universität unterrichten könntest. Was sagst du dazu?"*

Und wieder war der Professor schneller als sein Schwiegersohn; denn er fuhr fort, ohne dessen Antwort abzuwarten:

*„Ich habe schon mit Dorothea darüber gesprochen. Wenn du das Angebot annehmen würdest, dann hättest du eine geregelte Arbeitszeit, ein ordentliches Einkommen und sehr viel freie Zeit, die du mit deiner Familie verbringen könntest."*

Von so viel Neuigkeit erschlagen, fiel es Paul nicht wirklich schwer erst einmal gar nichts zu sagen.

Er stand auf, verließ wortlos das Zimmer und ließ einen völlig erstaunten Schwiegervater zurück. Als Paul bei Dorothea angekommen war, fragte er sie:

*„War das seine Idee oder hast du ihn darum gebeten?"*

Die leichte Aggression, mit welcher Paul die Frage gestellt hatte, war Dorothea nicht verborgen geblieben.

*„Das war allein die Idee von Papa. Es tut mir leid, dass er sich in unser Leben einmischt. Ich habe das nicht gewollt"*, sagte Dorothea, und es klang fast ein wenig wie eine Entschuldigung.

*„Aber du bist doch von dieser Idee begeistert"*, sagte Paul, *„zumindest behauptete das dein Vater."*

*„Das hat er gesagt?"*, fragte Dorothea.

*„Ja"*, antwortete Paul, *„stimmt das etwa nicht?"*

*„Nein, nicht so"*, antwortete Dorothea, *„er hat mir zwar davon erzählt, bevor er mit dir darüber gesprochen hat, aber ich habe ihm gesagt, dass es deine Entscheidung sein würde, und dass ich damit einverstanden wäre mit dem, wie du dich entscheidest."*

Paul war verunsichert. Er wusste gerade nicht, was er glauben sollte.

*„Aber dir wäre lieber, ich würde meinen Beruf aufgeben und Dozent werden."*

Dorothea sah Paul lange an, bevor sie darauf antwortete. Eine Angst keimte in ihr auf, dass das gerade wieder Gewonnene durch das ungewollte Einmischen ihres Vaters zerstört werden könnte.

Sie hielt ihre Hände Paul auffordernd entgegen, und Paul zögerte einen Augenblick, bevor er sie ergriff. Ihm war die Angst in Dorotheas Augen aufgefallen, und er schämte sich, dass er so harsch mit ihr ins Gericht ging.

*„Ich will nur, dass du glücklich bist, mit dem, was du machst"*, sagte sie mit leiser Stimme, *„und egal, wie du dich entscheidest, ich stehe voll hinter deiner Entscheidung."*

Paul sah in das Gesicht von Dorothea, und er musste daran denken, wie viele Sorgen er ihr in den letzten Jahren bereitet hatte. Dann nahm er Dorotheas Gesicht in seine Hände, gab ihr einen Kuss und sagte:

*„Ich danke dir, mein Liebling und ich werde die richtige Entscheidung treffen."*

Dann ging er zurück zu seinem Schwiegervater und teilte ihm seine Entscheidung mit.

\*\*\*\*\*

*Und scheint die Sonne noch so schön, einmal muss sie untergehen."*

Dieser Vers stammt aus dem Lied „Brüderlein fein" aus Ferdinand Raimunds Singspiel „Der Bauer als Millionär" und bewahrheitete sich auf tragische Weise auch bei der Familie Lindner.

Dorothea Lindner, erfolgreiche Springreiterin unter ihrem Mädchennamen Dorothea Höllerer, Teilnehmerin am „Championnat du monde" in Paris und Gewinnerin der Bronzemedaille, erlitt einen schweren Unfall.

Beim Ausreiten mit ihrem Hengst „Achilles" stürzte sie schwer und brach sich das Genick. Sie war auf der Stelle tot.

Für Paul, der die Stelle als Dozent angenommen hatte und viel Freude mit seiner neuen Tätigkeit verband, war seine Sonne gerade für immer untergegangen.

Als er mit seinen Kindern bei der Beerdigung am offenen Grab stand, brach er zusammen...


***DANKE!!!***


Die innere Stimme von Regisseur Paul Lindner jauchzte vor Freude.

*„So habe ich mir das vorgestellt. Ein trauriger und doch versöhnlicher Schluss. Ich bin höchstzufrieden.*

*Sofort ab damit in den Kopierraum!"*

Paul öffnete seine Augen. Die Sonne blendete ihn und ein heftiges Durstgefühl stellte sich ein. Er ging ins Hausinnere und holte sich ein kühles Bier.

Dann legte er sich wieder hin, nahm einen großen Schluck aus der Flasche und schloss wieder die Augen, um sich seinem nächsten Kapitel zu widmen.

*****

## Kapitel 5 – Annemarie

*"Kamera klar?"*

*"Kamera läuft!"*

*"Ton klar?"*

*"Ton ist klar!"*

*"Klappe!"*

FANTASY PRODUCTION
*Es war so vieles falsch*
TITLE *Annabel und Verena*
DIRECTOR *Paul Lindner*
DATE   SCENE   TAKE
*Jetzt*    1       1

*„Annabel und Verónica – Take 1"*

*„Und bitte!"*

Paul hatte die Scheidung von Dorothea arg zuge-setzt. Er hatte wieder einmal eine Beziehung in den Sand gesetzt, und zum ersten Mal hinterfragte er sich selbst und seinen bisherigen Lebenswandel.

Vielleicht lag es auch daran, dass er eine gewisse Müdigkeit verspürte. Die vielen Termine, welche sein Beruf mit sich brachten, zu wenig Schlaf, und nicht zuletzt der damit verbundene Alkoholkonsum.

Er beschloss sich einer gründlichen Untersuchung bei seinem Freund, Professor Adrian Höllerschmitt zu unterziehen.

Das Ergebnis der Untersuchung war alarmierend. Pauls Blutwerte lagen zum großen Teil außerhalb der Norm und stellten eine gewisse Bedrohung dar.

*„Du kannst dir deine Todesart aussuchen, mein Freund"*, sagte Adrian Höllerschmitt, *„und auch den ungefähren Zeitpunkt. Du musst einfach nur so weiterleben wie bisher.*

*Ich schwanke zwischen Leberzirrhose und Nierenversagen. Mein persönlicher Favorit wäre allerdings die Leberzirrhose."*

Das war ein klarer Schuss vor den Bug, den Pauls Freund gerade auf ihn abgefeuert hatte.

*„Ist es wirklich so schlimm?"*, fragte Paul.

*„Schlimmer"*, antwortete Adrian, *„aber du kannst dir gern eine zweite Meinung von einem Kollegen einholen."*

*„Rede keinen Quatsch"*, erwiderte Paul, *„du weißt ganz genau, dass ich dir uneingeschränkt vertraue."*

*„Was soll ich jetzt machen?"*, fragte Paul, der in diesem Moment wie ein kleines Kind um Rat fragte.

*„Deinen Lebenswandel radikal verändern"*, antwortete Adrian, *„und zwar zeitnah."*

*„Das lässt mein Beruf nicht zu"*, antwortete Paul, *„und das weißt du auch."*

*„Dann suche dir eine andere Beschäftigung"*, sagte Adrian, *„mit deiner Qualifikation lässt sich sicher etwas finden."*

*„Und was zum Beispiel?"*, fragte Paul.

*„Du hast doch dein abgeschlossenes Philosophie-studium"*, antwortete Adrian, *„da könntest du doch unterrichten."*

*„Ich soll mich als Lehrer mit jungen Rotznasen herumschlagen? Nein danke!"*, kam die trotzige Antwort von Paul.

*„Das meine ich nicht"*, sagte Adrian, etwas ver-wundert über Pauls heftige Reaktion, *„du könntest doch auch an der Uni lehren."*

*„Glaubst du, die haben dort auf mich gewartet?"*

Und wieder begegnete Paul seinem Freund auf eine Art, welche Adrian nicht so von ihm kannte.

*„Entschuldige, dass ich dir helfen wollte. Weißt du was? Mach doch, was du willst!"*

Jetzt war es an Paul sich überrascht zu zeigen. Adrian war zum ersten Mal laut geworden. So hatte er ihn in all den Jahren ihrer langen Freundschaft noch nicht erlebt.

*„Es tut mir leid, Adrian, ich bin ein Dummkopf. Vielleicht ist es ja, weil ich gerade etwas neben mir stehe. Verzeihst du mit bitte?*

*Du weißt doch, ich habe sonst niemanden. Ich kaue immer noch an meiner Scheidung und daran, dass mich die Kinder nicht sehen wollen."*

*„Daran hättest du früher einmal denken sollen"*, ging es Adrian durch den Kopf. Er schaute Paul an, der wie ein Häuflein Elend vor ihm saß, und in dessen Augen Hilflosigkeit zu erkennen war.

*„Ist schon gut, Paul"*, sagte Adrian, *„ich verstehe dich."*

Adrian war kurz davor den Freund umarmen zu wollen, hielt sich aber dennoch zurück. Stattdessen machte er Paul einen Vorschlag.

*„Mein Schwiegervater ist Dekan an der Universität. Ich werde mit ihm reden und ihn fragen, ob er etwas für dich tun kann. Natürlich nur, wenn Du Interesse daran hast."*

*„Das würdest du für mich tun?"*, fragte Paul mit Tränen in den Augen, und Adrian erkannte seinen Freund nicht wieder.

Paul Lindner, der einsame Wolf, der Jäger, der kompromisslose Titan am Boden.

Jetzt machte Adrian Höllerschmitt justament das, wovon er noch vor wenigen Augenblicken zurückgeschreckt war: Er umarmte den Freund und sagte:

*„Du wirst sehen, alles wird gut."*

\*\*\*\*\*

Es war am Ende einer Vorlesung – Paul hatte die Stelle eines Dozenten tatsächlich bekommen – als eine der Studentinnen ihn um ein Gespräch bat.

Ihr Name war Verónica Breuer, und sie war ausgesprochen hübsch.

Paul hatte schon befürchtet das Opfer einer Schwärmerei von einer jungen Studentin zu werden, wurde aber sehr schnell eines Besseren belehrt.

*„Ich habe eine Frage, Herr Professor"*, sagte Verónica, und Paul antwortete:

*„Hat es etwas mit Ihrem Studium zu tun?"*

*„Ja und nein"*, antwortete Verónica, und Paul sah sich schon in seiner Vorahnung bestärkt, als Verónica Entwarnung gab.

*„Es geht um meine Mutter."*

*„Aha"*, sagte Paul, und sein Interesse nahm sprunghaft zu.

*„Was ist mit Ihrer Mutter?"*, fragte er.

*„Meine Mutter hat als junge Frau ein Philosophiestudium begonnen, das sie aber schon bald wieder beenden musste."*

*„Wie das?"*, fragte Paul, *„was war der Grund dafür?"*

„*Der Grund war ich, Herr Professor*", antwortete Verónica lächelnd.

„*Ein guter Grund, wie ich meine*", sagte Paul, dem diese Bemerkung automatisch über die Lippen gerutscht war.

„*Vielen Dank, Herr Professor*", sagte Verónica, die leicht errötet war.

„*Hat sie an der hiesigen Universität studiert?*", erlöste Paul die verlegene, junge Frau.

„*Nein*", antwortete Verónica, wir sind erst vor einem Jahr hierhergezogen.

„*Ach so*", sagte Paul, „*und was genau wollen Sie jetzt von mir wissen?*"

„*Meine Mutter würde sehr gern ihr Studium wieder aufnehmen, und sie traut sich nicht so recht*", antwortete Verónica, „*und ich habe ihr von Ihnen erzählt und dass ich sie fragen würde.*"

„*Ich denke nicht, dass etwas dagegenspricht*", entgegnete Paul, „*wenn Sie möchten, dann werde ich gern mit Ihrer Mutter darüber sprechen.*"

„*Das wäre wunderbar*", sagte Verónica voller Begeisterung und fügte hinzu:

„*Vielleicht könnten Sie zu uns zum Essen kommen und bei dieser Gelegenheit alles mit Mama besprechen.*"

„*Sachte, sachte, junge Dame*", entgegnete Paul, „*nicht so schnell. Ich habe grundsätzlich nichts gegen ein Treffen mit Ihrer Frau Mama; aber nicht bei Ihnen zuhause. Das ist mir ein wenig zu intim.*"

„*Bitte, entschuldigen Sie, Herr Professor*", stammelte Verónica, „*das wollte ich nicht.*"

„*Ist schon gut*", sagte Paul und hielt inne. „*Ich weiß noch nicht einmal Ihren Namen.*"

„*Verónica*", antwortete die etwas aus dem Gleichgewicht geratene, junge Dame, „*ich heiße Verónica Breuer; aber Sie können mich einfach nur Verónica nennen. Und meine Mutter heißt Annabel und sie kocht sehr gut.*"

Paul musste lächeln.

„*Ist gut, Verónica*", sagte er, entnahm eine Visitenkarte aus seiner Brieftasche und reichte sie Verónica.

„*Geben Sie diese bitte Ihrer Mutter und sagen Sie, sie möchte mich anrufen und mir sagen, ob sie mich tatsächlich zum Essen einladen möchte.*"

„*Das ist perfekt, Herr Professor*", sagte Verónica, „*vielen Dank!*"

Sie gab Paul die Hand und wollte sich schon abwenden, als Paul sagte:

*„Und sagen Sie ihrer Mutter, ich würde sie ebenso gern zum Essen einladen, wenn sie nicht wirklich für mich kochen möchte. "*

Auch dieser Satz hatte sich verselbständigt. Es hatte wohl daran gelegen, dass Paul großen Gefallen an der jungen Studentin gefunden hatte.

*****

Paul hatte Blumen gekauft. Er hatte sich von der Blumenverkäuferin beraten lassen, und diese hatte einen neutralen, wunderbaren Strauß zusammengesetzt.

Als die Tür aufging, hielt ihm Verónica ihr strahlendes Gesicht entgegen.

*„Guten Tag, Herr Professor. Schön, dass sie da sind. Bitte, kommen Sie herein. "*

Annabel Breuer war aus der Küche getreten, um den Gast zu begrüßen. Sie hatte eine Schürze umgebunden, hinter welcher sich ein wohlgeformter Körper deutlich erkennbar abzeichnete.

Ihr Name wurde dieser Frau mehr als gerecht, bedeutet er doch „die Schöne", „die Liebliche", „die Nette".

*„Herzlich willkommen, Herr Professor, und verzeihen Sie meinen Aufzug. Ich habe noch ein paar Minuten in der Küche zu tun; aber dann bin ich für Sie da."*

*„Vielen Dank für Ihre freundliche Einladung, Frau Breuer"*, entgegnete Paul Lindner und überreichte der Dame des Hauses die Blumen."

Als Annabel sich mit einem „Gracias!" bedankte, erwiderte Paul spontan „De nada!"

*„Sie sprechen spanisch?"*, fragte Annabel überrascht, und Paul antwortete:

*„Ein wenig urlaubsspanisch; aber nicht mehr."*

Annabel lächelte und wies ihre Tochter an dem Gast ein Getränk anzubieten.

Verónica, sichtlich mit dem bisherigen Verlauf zufrieden, führte den Gast ins Wohnzimmer und fragte nach seinem Getränkewunsch.

*„Ein Glas Mineralwasser wäre mir angenehm"*, sagte Paul Lindner und sah sich ein wenig im Zimmer um.

Er bemerkte einige Bilder auf einer kleinen Anrichte und wollte schon Fragen dazu stellen, als Annabel das Essen auftrug.

*„Da Sie Spanienurlauber sind, wie Sie andeuteten, gehe ich davon aus, dass Sie <Paella> mögen"*, sagte Annabel und stellte die Pfanne mitten auf den Tisch.

*„Dieses spanische Nationalgericht kommt aus der Region <Valencia>, meiner früheren Heimat"*, erklärte Annabel stolz, *„und es ist alles drin, was hineingehört."*

*„Und was gehört alles hinein?"*, fragte Paul Lindner höflich.

*„Muscheln, Scampi, Hähnchenkeulen, Paprika, Peperoni, Erbsen, Zwiebeln, Knoblauch, Pfeffer, Salz, Wein, und natürlich Reis"*, antwortete Annabel und fügte noch hinzu:

*„Ich hoffe, ich habe nichts vergessen."*

Paul lachte.

*„Mein Kompliment, Frau Breuer"*, sagte Paul, *„Sie kennen das Rezept ja auswendig."*

*„Das ist kein Wunder, Herr Professor Lindner"*, antwortete Annabel, *„ich habe es schließlich schon ungezählte Male zubereitet."*

Und nach einer kurzen Pause, fügte sie hinzu:

*„Bitte, nennen Sie mich Annabel!"*

*„Sehr gern, verehrte Annabel"*, antwortete der Professor, *„aber nur, wenn Sie mich Paul nennen."*

*„Und wie darf ich Sie nennen?"*, mischte sich nun Verónica ein.

*„Herr Professor, natürlich"*, antwortete Paul lächelnd, *„wie sich das für eine Studentin geziemt. Aber heute ausnahmsweise einmal Paul."*

*„Darauf müssen wir anstoßen"*, sagte Verónica und hielt ihr Glas in die Höhe.

Paul ergriff sein Glas fast ein wenig widerwillig. Als Verónica ihm eingeschenkt hatte, wollte er schon dankend ablehnen, tat es dann aber doch nicht. Es hätte irgendwie nicht gepasst.

Er hatte seit dem Besuch bei seinem Freund, Professor Höllerschmitt, den Alkohol gemieden. Am Anfang war es sehr schwer für ihn, was ihm deutlich aufzeigte, wie sehr abhängig er schon geworden war.

Aber heute traute er sich wieder einmal. Lag es an der netten Atmosphäre oder an den beiden liebenswerten Damen? Er wusste es nicht. Er hatte sich jedoch vorgenommen nur ein bis zwei Glas zu trinken, und keinesfalls mehr.

Paul stieß mit den beiden Frauen an und nippte ein wenig an seinem Glas.

*„Schmeckt Ihnen der Wein nicht, Paul?"*, fragte Annabel, *„wollen Sie lieber ein Bier?"*

„Nein, nein", antwortete Paul hastig, „ganz im Gegenteil", und als wolle er es deutlich machen, nahm er einen kräftigen Schluck.

Und dann verselbständigte sich der weitere Verlauf. Der Wein schmeckte von Schluck zu Schluck besser, und Paul geriet in das alte Fahrwasser, vom dem er glaubte entkommen gewesen zu sein.

*****

„Guten Morgen, Paul! Hast du gut geschlafen?"

Paul öffnete mühsam seine Augen. Was er sah, versetzte ihm einen tiefen Schock. Er lag in einem fremden Bett, bis auf die Unterhose entkleidet.

„Mein Gott", stieß er voller Entsetzen hervor, „was ist passiert?"

„Du kannst dich wohl nicht mehr erinnern, oder?", fragte Verónica, die auf Pauls Bettkante saß.

Paul antwortete nicht, stattdessen fragte er:

„Wer hat mich ausgezogen?"

„Das war ich, mein Lieber", kam die Antwort von Annabel, die gerade das Zimmer betrat.

*„Ich muss sofort nachhause"*, sagte Paul, *„wo sind meine Kleider?"*

*„Willst du nicht erst einmal duschen?"*, fragte Annabel, *„und inzwischen richte ich das Frühstück her. Kaffee oder Tee?"*

*„Kaffee bitte"*, antwortete Paul, *„schwarz und stark."*

Verónica zeigte Paul das Bad, während Annabel in die Küche ging, um Frühstück zu machen.

Das heiße Wasser der Dusche begann den Körper von Paul wiederzubeleben. Dieser Effekt wurde noch verstärkt, als plötzlich die Tür der Dusche aufging, und Verónica hereintrat.

Pauls Widerstand wurde sofort im Keim erstickt. Kaum, dass er den Körper von Verónica spürte, verbot ihm seine Erregung jedwedes klare Denken.

*„Das Frühstück ist fertig, kommt ihr dann bitte?"*

Als Paul Annabel das sagen hörte, hatte Verónica ihn schon zum Höhepunkt gebracht.

*„Hat es dir gefallen, mein Liebling?"*, fragte Verónica einen Mann, der gerade nicht mehr wusste, wo oben und unten war.

*„Kommt bitte, der Kaffee wird sonst kalt"*, mahnte Annabel, welche die Tür der Dusche geöffnet hatte, und Paul einen Bademantel entgegenhielt.

*„Du kannst den anziehen, er gehörte Sergio, meinen Mann."*

Paul stieg aus der Dusche und nahm den Bademantel. Er war wie ferngesteuert, und die Tatsache, dass er seiner Gastgeberin nackt entgegentrat, beeinträchtigte keineswegs sein Verhalten.

Als er wenig später am Frühstückstisch mit Verónica und Annabel saß, begann er sogar die mehr als groteske Situation zu genießen.

*„Ich freue mich, dass wir drei uns gefunden haben"*, sagte Annabel.

*„Wie meinst du das?"*, fragte Paul, den die Formulierung von Annabel etwas verwirrte.

*„Ganz einfach"*, antwortete Annabel, *„wir haben gestern Abend eine <Ménage à Trois> gegründet. Ist das nicht wunderbar?"*

Paul wurde gerade etwas schwindelig.

*„Haben wir beide auch schon...?"*, fragte er Annabel, und Annabel antwortete lachend:

*„Noch nicht. Oder bin ich dir zu alt?"*

*„Nein"*, antwortete Paul, *„natürlich nicht."*

Paul musste noch nicht einmal schwindeln, als er das sagte. Annabel war durchaus eine schöne und begehrenswerte Frau; aber ein Verhältnis mit Mutter und Tochter. Und das auch noch mit gegenseitigem Einverständnis…

Der Blick seines Gegenübers war wie eine unausgesprochene Einladung, welcher er wohl schon bald Folge leisten werden würde.

Der leicht geöffnete Morgenmantel, welchen Annabel trug, ließ einen kleinen Einblick auf zwei wohlgeformte Brüste zu.

Als er nach dem Frühstück sein Gesicht in ihnen vergrub, begann für Paul eine „Amour fou", welche ihn bis an den Rand eines Abgrundes führte.

*****

Pauls gute Vorsätze waren in weite Ferne gerückt. Er genoss sein altes Leben, welches mit großer Vehemenz zurückgekehrt war, mit großer Freude und Hingabe.

Sein multiples Intimleben mit zwei Frauen war Erfüllung und Last zugleich. Er war ein Zerrissener. Was ihm noch vor einiger Zeit unvorstellbar gewesen wäre, erwies sich jetzt für ihn als völlig normal.

Er hatte Sex mit zwei Frauen, die Mutter und Tochter waren, und das Verrückteste dabei war, dass er sich zu beiden gleichermaßen hingezogen fühlte.

Es gab zu keinem Zeitpunkt Eifersüchteleien; sie waren eine völlig homogene Gemeinschaft, in welcher sich alle Beteiligten mit großem Respekt und mit viel Liebe begegneten.

Zumindest für Paul war es Liebe. Natürlich verbunden mit Begehren und Leidenschaft; aber eben auch mit Liebe.

Ob das die beiden Frauen genauso empfanden, vermochte Paul nicht wirklich einzuschätzen. Aber das war ihm auch egal.

Irgendwann tat Paul etwas, was ihm schon längere Zeit auf der Seele brannte. Er fragte nach Sergio.

*„Sergio war ein ganz wunderbarer Mann"*, begann Annabel, *„Sergio war ein Künstler. Er war Maler."*

*„Ein bekannter Maler?"*, fragte Paul und Annabel antwortete:

*„Sergio Ramirez, kennst du den Namen?"*

*„Nein"*, antwortete Paul, *„der Name sagt mir nichts. Aber wieso heißt du Breuer und nicht Ramirez?"*

*„Weil ich nach dem Tod von Sergio wieder geheiratet habe. Einen Versager namens Breuer."*

Paul schaute Annabel überrascht an. Das war einer der Momente, bei denen Paul sich und seine ganze Situation hinterfragte.

Es schien, als hätte Annabel eine helle und eine dunkle Seite an sich.

Annabel hatte bemerkt, dass Paul von ihren Worten erschreckt worden war. Sie sah ihn an und lächelte.

*„Mi cariño, habe ich dich erschreckt? Das tut mir leid; das wollte ich nicht. Peter Breuer war ein cabrón und nicht gut zu mir. Er hat mich betrogen und geschlagen.*

*Als Sergio damals tötlich verunglückte, stand ich allein und mittellos da. So bin ich auf Peter gestoßen. Ich bin auf seine charmante Art reingefallen und habe zu spät bemerkt, wie er wirklich war.*

*Das einzig Gute, was mir aus jener Zeit geblieben ist, ist meine Verónica. Sie ist mein ganzes Glück.*

*Ich habe mir damals geschworen, dass mich kein Mann mehr schlägt, und ich wollte von Männern nichts mehr wissen. Aber dann bist du gekommen.*

*So, jetzt kennst du die ganze Geschichte. Jetzt kannst du über mich urteilen, wenn du willst.“*

Bei diesen Worten stiegen Tränen in Annabels Augen. Verónica nahm ihre Mutter in den Arm und sagte:

*„Todo está bien, mamá; es ist alles gut.“*

Paul sah die beiden Frauen an, und es rührte ihn.

*„Es tut mir leid, wenn ich eine alte Wunde aufge-*
*rissen habe; bitte entschuldige!"*

*„Ist schon wieder gut, mi cariño",* sagte Annabel
und wischte ihre Tränen ab.

\*\*\*\*\*

Paul war nicht wirklich überrascht, als er auf seine
Frage, wann Annabel mit dem Besuch seiner
Vorlesungen beginnen wolle, die freche und zugleich
ernüchternde Antwort bekam:

*"Was soll ich denn da machen? Verónica das*
*Händchen halten oder dich bewundern?"*

*"Du hast nie Philosophie studiert, habe ich*
*recht?",* fragte Paul, und Annabel antwortete lachend:

*"Um Himmels willen, nein! Das ist nicht meine*
*Welt und ich verstehe auch nicht, warum Verónica*
*das macht."*

Das saß, und es tat Paul fast ein wenig weh. Spätestens jetzt wurde ihm bewusst, dass Verónica ihm
eine "Venusfalle" gestellt hatte, in welche er mit
Freuden hineingetappt war.

Pauls Gesichtsausdruck veranlasste Annabel sich
um Schadensbegrenzung zu bemühen.

*"Das war dumm und taktlos von mir, mi cariño"*, sagte Annabel und wollte Paul einen Kuss geben, welcher jedoch enttäuscht zurückwich.

Er stand auf und sagte:

*"Ich brauche Zeit zum Nachdenken. Ich werde mich wieder melden."*

Das war das letzte Mal, dass Paul Kontakt mit den beiden Frauen hatten. Sie unternahmen auch überraschenderweise keinen Versuch das zu ändern.

Verónica wechselte zu einem anderen Vortragenden, um einer weiteren Begegnung auszuweichen. Sie hatte nach dem unseligen Vorfall einen langen Disput mit ihrer Mutter.

Sie hatte zwar die ganze Geschichte eingefädelt, war aber anfänglich nicht davon ausgegangen, dass sie sich in Paul verlieben würde.

Ihr Studium brachte sie erfolgreich zu Ende und zog danach bei ihrer Mutter aus, um ihr eigenes Leben zu führen.

*„CUT!"*

Die innere Stimme von Regisseur Paul Lindner sagte das Kommando in einem eher freundlichen Art.

*„Das war schon recht gut. Aber ich möchte dennoch ein paar kleine Änderungen vornehmen. Wir beginnen dort, wo Verónica den Professor zum Essen einlädt."*

*„Kamera klar?"*

*„Kamera läuft!"*

*„Ton klar?"*

*„Ton ist klar!"*

*„Klappe!"*

*„Annabel und Verónica – Take 2"*

*„Und bitte!"*

„Vielleicht könnten Sie zu uns zum Essen kommen und bei dieser Gelegenheit alles mit Mama besprechen."

„Sachte, sachte, junge Dame", entgegnete Paul, „nicht so schnell. Ich habe grundsätzlich nichts gegen ein Treffen mit Ihrer Frau Mama; aber nicht bei Ihnen zuhause. Das ist mir ein wenig zu intim."

„Bitte, entschuldigen Sie, Herr Professor", stammelte Verónica, „das wollte ich nicht."

„Ist nicht schlimm, junge Dame", antwortete Paul. „Wie heißen Sie eigentlich?"

„Verónica", antwortete die Studentin, „ich heiße Verónica, Verónica Breuer."

„Also gut, Verónica Breuer", sagte Paul, „ich gebe Ihnen jetzt meine Visitenkarte mit meiner Telefonnummer. Ihre Frau Mama soll mich anrufen, und dann werde ich mit ihr einen Termin ausmachen, um mich mit ihr zu treffen."

„Vielen Dank, Herr Professor!", sagte Verónica, und als sie Paul die Hand gab, zeichnete sich in ihrem Gesicht eine zarte Rötung ab.

Paul fand Gefallen an der jungen Frau, und er war schon sehr auf ihre Mutter gespannt, sollte sie ihn tatsächlich anrufen.

*****

*„Hallo, hier spricht Annabel Breuer, die Mutter von Verónica. Ich sollte mich bei Ihnen melden."*

Es waren nur ein paar Tage vergangen, als Paul diesen Anruf bekam.

*„Hallo, Frau Breuer, ich freue mich, dass Sie mich anrufen"*, antwortete Paul, *„Ihre Tochter hat mich gefragt, ob Sie meine Vorlesungen besuchen könnten.*

*Die Antwort ist JA; ich würde mich aber dennoch gern mit Ihnen an einem neutralen Ort auf ein persönliches Gespräch treffen."*

*„Sehr gern, Herr Professor, und bitte entschuldigen Sie das Vorpreschen meiner Tochter in Bezug auf die Einladung zum Essen. Das war keinesfalls mit mir abgesprochen"*, sagte Annabel Breuer, und Paul glaubte es ihr.

*„Kennen Sie die Weinstube <Adler> in der Berliner Straße?"*, fragte Paul.

*„Ja"*, antwortete Annabel Breuer, *„vom Vorbeigehen. Ein Caféhaus wäre mir aber lieber."*

*„Dort gibt es beides"*, antwortete Paul, *„Wein, Kuchen und Kaffee. Ich bin nicht so der Kuchenfreund."*

*„Verstehe"*, antwortete Annabel Breuer, *„und wann möchten Sie, dass wir uns treffen?"*

„*Am liebsten am Wochenende*", antwortete Paul, „*dann muss ich am nächsten Morgen nicht raus und vor einer wilden Horde Studenten und Studentinnen Vorlesung halten.*"

„*Also gut*", stimmte Annabel Breuer zu, „*sagen wir Samstag, gegen 19 Uhr; wäre Ihnen das recht?*"

„*Das passt*", antwortete Paul. „*Also dann bis Samstag und vielen Dank für Ihren Anruf!*"

Die Weinstube „Adler" war gut besucht, als Paul die künftige Teilnehmerin seiner Vorlesungen erwartete. Er hatte vorsorglich einen Tisch reservieren lassen.

Johanna Draxler, die alte Wirtin der Weinstube, begrüßte Paul mit den Worten:

„*Ich freue mich, dass Sie uns wieder einmal die Ehre geben, Herr Professor. Sie waren schon lange nicht mehr hier.*"

„*Das stimmt, Frau Draxler*", antwortete Paul, „*zu wenig Zeit und zu viele Verpflichtungen.*"

„*Ein Glas Riesling, wie immer?*", fragte die Wirtin, und Paul antwortete:

„*Nein, Frau Johanna, heute möchte ich eine Flasche und ein weiteres Glas. Ich erwarte noch einen Gast.*"

„*Sehr gern, Herr Professor*", antwortete Frau Draxler, „*ich lasse es Ihnen sofort bringen.*"

Paul mochte diese Frau. Sie war eine Institution, und nur ein paar wenige, auserwählte Gäste durften sie liebevoll „Frau Johanna" nennen.

Es war punkt 19 Uhr, als Annabel Breuer das Lokal betrat. Paul stand auf und ging auf sie zu, obwohl er sie nie zuvor gesehen hatte.

Er war sich aufgrund ihrer Erscheinung vollkommen sicher, dass es sich um die Mutter seiner Studentin handeln musste: Damenhaft gekleidet, dezentes Make -Up, sicheres Auftreten.

„*Guten Abend, Frau Breuer*", sagte Paul und küsste ihr die Hand.

„*Old school*", sagte Annabel Breuer, „*wie schön, dass es so etwas noch gibt. Wie haben Sie mich überhaupt erkannt?*"

„*Intuition*", antwortete Paul, geleitete seinen Gast an den Tisch, bot ihm einen Sitzplatz an und sagte dann:

„*Ich habe mir erlaubt Wein zu bestellen. Ich hoffe, Sie mögen Wein. Natürlich können Sie auch gern Kaffee und Kuchen konsumieren, wenn Ihnen das lieber ist.*"

„*Und was machen Sie dann mit dem vielen Wein?*", fragte Annabel.

„*Trinken, natürlich, was sonst?*", antwortete Paul lachend.

„*Damit ich nachher schuld bin, wenn Sie betrunken sind*", antwortete Annabel, „*das kann ich auf keinen Fallt zulassen.*"

Es folgte ein angenehmes Gespräch zwischen zwei Personen, welche sich auf Anhieb sympathisch waren.

„*Und Sie wollen tatsächlich in Ihr abgebrochenes Studium wieder einsteigen?*", fragte Paul und Annabel antwortete:

„*Nein, das wäre zu vermessen. Dazu bin ich schon viel zu alt. Ich habe nur ein bisschen Sehnsucht nach dem Gefühl in einem Hörsaal zu sitzen, den Worten des Vortragenden zu lauschen, und ein wenig in Erinnerungen zu schwelgen.*"

„*Schöne Erinnerungen, so hoffe ich doch*", sagte Paul und verfing sich in dem verklärten Gesichtsausdruck seines Gegenübers.

„*Ja*", antwortete Annabel, „*es war die Zeit der Unbekümmertheit und der ersten Liebe.*"

„*Der Vater von Verónica?*", fragte Paul, und als Annabel nicht sofort darauf antwortete, sagte Paul:

„*Verzeihen Sie mir bitte meine Neugier!*"

„*Nicht doch, Herr Professor*", entgegnete Annabel prompt, „*da gibt es nichts zu verzeihen.*"

„*Nennen Sie mich bitte nicht Herr Professor*", sagte Paul, „*das klingt ja schrecklich.*"

„*Wie soll ich Sie denn sonst nennen?*", fragte Annabel, „*Herr Lindner, vielleicht?*"

„*Nennen Sie mich bitte Paul*", antwortete Paul, „*einfach nur Paul*".

„*Sehr gern; aber dann nennen Sie mich bitte auch Annabel*", erwiderte Annabel."

„*Ich weiß*", antwortete Paul, „*Annabell – mit zwei <N> und zwei <L>, nicht wahr?*"

„*Falsch, verehrter Herr Professor*", erwiderte Annabel in scherzhaftem Ton, „*nur mit einem <L>. Das ist die spanische Schreibweise.*"

„*Erwischt*", sagte Paul, „*aber dafür weiß ich die Bedeutung dieses wunderschönen Namens: „Die Schöne", „die Liebliche", „die Nette".*

„*Und glauben Sie auch, dass das bei mir zutrifft?*", fragte Annabel und sah Paul erwartungsvoll dabei an.

„*Unbedingt, liebe Annabel*", antwortete Paul, und das Funkeln in den Augen seines Gastes ließ deutlich erkennen, dass soeben ein heftiger Flirt seinen Anfang zu nehmen schien.

„*Ich habe zuhause einige Bücher, die ich Ihnen gerne zur Verfügung stellen würde*", sagte Paul.

„*Das wäre wunderbar*", antwortete Annabel. „*Geben Sie sie einfach Verónica mit, dann kann ich mich ein bisschen einlesen, bevor ich in die erste Vorlesung komme.*"

„*Oder Sie holen sie bei mir zuhause persönlich ab*", fuhr es Paul geschmeidig über die Lippen, „*vorausgesetzt, Sie trauen sich in die Höhle des Löwen.*"

Annabel schaute Paul intensiv in die Augen, so als wolle sie darinnen lesen. Dann deutete sie auf die Flasche und sagte:

„*Haben Sie so einen Wein auch zuhause bei sich?*"

Paul war überrascht. Dachte er bei seiner Äußerung eher daran einen Scherz gemacht zu haben, so fand er sich jetzt wieder mit dem Rücken zur Wand gedrängt.

„*Nein*", antwortete er, fast ein wenig kleinlaut, „*aber wenn ich Frau Johanna darum bitte, so wird sie mir sicher eine Flasche verkaufen.*"

„*Dann machen Sie das. Ich gehe mir nur kurz die Nase pudern, und Sie besorgen inzwischen den Wein.*"

Damit verschwand Annabel in Richtung Toiletten, und Paul hatte Muße seine Gedanken zu ordnen. Was da gerade geschehen war, brachte ihn doch ein wenig aus dem Konzept.

*„Machen Sie es sich gemütlich"*, sagte Paul, als sie bei ihm zuhause angekommen waren, *„und entschuldigen Sie bitte die Unordnung. Ich hole uns inzwischen Gläser."*

Annabel sah sich um und konnte keine wirkliche Unordnung erkennen. Das wäre auch kaum möglich gewesen, denn Paul hatte eine Frau, die regelmäßig bei ihm putzte und Ordnung machte.

Annabel lächelte, zeigte es ihr doch, wie verunsichert der von ihr mehr oder weniger genötigte Gastgeber war.

Paul brachte zwei Gläser und öffnete die Flasche. Er goss ein und wollte sich schon in den Sessel, der neben dem Tisch stand, setzen, als Annabel, welche auf der Couch Platz genommen hatte, ihm bedeutete sich neben ihn zu setzen.

*„Ich beiße nicht"*, sagte sie, *„oder hast du Angst?"*

Die Situation war nun eindeutig. Das plötzliche „DU" und die Einladung sich direkt neben Anabel zu setzen, ließen keine Zweifel zu, wie der Abend enden würde.

Paul war im Begriff mit wackligen Beinen in eine neue Beziehung hineinzustolpern, wozu er im Grunde genommen überhaupt nicht bereit war.

\*\*\*\*\*

Die anfänglichen Bedenken einer neuen Beziehung schwanden schneller, als Paul erwartet hatte.

Annabel besuchte, zusammen mit ihrer Tochter Verónica, regelmäßig seine Vorlesungen, und das Verhältnis der drei zueinander gestaltete sich als äußerst harmonisch.

Das ging sogar so weit, dass er mit den beiden Annabels Mutter in Valencia besuchte. Die alte Dame freute sich sehr über ihren Besuch, und sie brachte Paul sehr viel Sympathie entgegen.

Als sie wieder zuhause waren, startete Paul einen weiteren Versuch mit Annabel über ihre Vergangenheit zu sprechen.

Er hatte es schon einige Male vorher versucht, was Annabel aber jedes Mal im Keim erstickte. Dieses Mal war es anders.

Sie hatten sich geliebt. Paul sah in Annabels Gesicht, das von der untergehenden Sonne, welche durch das Fenster hereinfiel, in ein weiches Licht getaucht wurde.

*„Ich habe in Barcelona studiert, weil es an der Universität Valencia keine Fakultät für Philosophie gibt"*, begann Annabel ihre Lebensgeschichte zu erzählen.

*Meine Eltern haben mir das Studium finanziert, und ich habe in Barcelona mit zwei Kommilitoninnen in einer Wohngemeinschaft gelebt.*

*Barcelona ist eine tolle und lebendige Stadt. Ich war jung und abenteuerlustig, wie alle in meinem Alter. Und es war die Zeit des Rock and Roll und der Liebe.*

*Dann habe ich Sergio kennengelernt. Er war kein Student, er war der Sohn eines reichen Baulöwen. Ich habe mich sofort in ihn verliebt.*

*Ausgelassene Parties, Alkohol ohne Ende, und irgendwann auch Drogen. Anfänglich habe ich mich noch dagegen gewehrt; aber irgendwann habe ich mich dem Druck der anderen gebeugt.*

*Das war der Anfang vom Ende. Ich wurde schwanger, und Sergio ließ mich fallen. Aus war der Traum von der großen Liebe.*

*Ich brach das Studium ab, ging zurück zu meinen Eltern und brachte Verónica zur Welt. Es war das Beste, was mir passieren konnte.*

*Am Abend arbeitete ich in einer Bar als Bedienung, während meine Mutter den Schlaf meines kleinen Engels bewachte.*

*Dort lernte ich eines Tages Peter Breuer kennen, einen Touristen. Und wieder einmal bewies ich, dass ich kein gutes Händchen für Männer habe.*

*Ich fiel auf seinen Charme herein und verliebte mich in ihn. Es folgten die Hochzeit und der Umzug nach Deutschland.*

*Noch nicht einmal ein Jahr später wurden wir wieder geschieden. Peter war kein guter Mann; weder zu mir noch zu Verónica.*

*Hätte ich nicht meine Eltern gehabt, die mich auch weiterhin finanziell unterstützten, ich weiß nicht, was aus mir geworden wäre.*

*Als Verónica in die Schule kam, habe ich einen Job als Sekretärin und Übersetzerin bei einer Speditionsfirma angenommen. Und dort arbeite ich bis heute."*

Paul hatte Annabel zugehört, und seine Bewunderung für diese Frau hatte stetig zugenommen.

*„Du bist eine tolle Frau"*, sagte Paul, während er ihr Gesicht mit Küssen bedeckte, *„ich bin sehr glücklich, dass ich dich gefunden habe."*

Annabel begann zu weinen.

*„Halte mich bitte ganz fest, Liebster"*, sagte sie und schmiegte sich an ihn.

*„Ich halte dich ganz fest, mein Liebling"*, erwiderte Paul, *„und ich lasse dich auch nie mehr los."*

Dass dies ein Irrtum sein würde, stellte sich schon ein paar Monate später heraus.

\*\*\*\*\*

Es war an einem Montagmorgen, als Annabel Breuer am Ende einer Vorlesung zu dem Dozenten Paul Lindner nach vorne trat, um ihm etwas mitzuteilen.

*„Aha, meine Lieblingshörerin will sich wohl für den brillanten Vortrag bedanken"*, sagte Paul scherzend.

Das Scherzen verging Paul sehr schnell, als er hörte, was Annabel ihm zu sagen hatte. Es war nicht der Inhalt, es war die Art, wie Annabel es sagte.

*„Ich möchte, dass du am Samstagabend zu uns kommst. Ich werde etwas Feines kochen für uns drei, und dann müssen wir reden."*

*„Du bist so ernst"*, entgegnete Paul, *„ist etwas passiert? Geht es dir gut oder ist etwas mit Verónica?"*

*„Nein"*, antwortete Annabel, *„es geht uns gut."*

*„Wirklich?"*, fragte Paul, und ein ungutes Gefühl beschlich ihn.

*„Willst du mir nicht sagen, was los ist?"*, insistierte Paul die Frau, die vor ihm stand, und die er so liebte, *„ich merke doch, dass etwas nicht stimmt."*

Annabel sah Paul an, dann beugte sie sich zu ihm und gab ihm einen Kuss.

*„Bis Samstag, mein Liebster, und vergiss es nicht!"*

Annabel drehte sich um und ging Richtung Ausgang. Paul sah ihr nach. Sie drehte sich noch einmal um und winkte.

Paul sah es und winkte zurück. Was er nicht sehen konnte, das waren die Tränen in Annabels Augen.

Annabel kam den Rest der Woche nicht mehr zu den Vorlesungen, hingegen Verónica schon.

Als Paul sie nach dem Grund des Fernbleibens ihrer Mutter fragte, wusste sie keine Antwort.

Auch als er Annabel anrufen wollte, wurde er immer von ihr weggedrückt. Er musste sich wohl oder übel bis zum Samstag gedulden.

Als dann der Samstag kam, hatte Paul schlimme Vorahnungen. Er konnte sich zwar keinen Grund dafür vorstellen; aber er fühlte Ungemach auf sich zukommen.

Der Tisch war mit Blumen und mit Kerzen festlich gedeckt, und aus dem Lautsprecher der Musikanlage tönte spanische Musik.

*„Ich habe heute eines der Nationalgerichte aus der spanischen Küche gekocht: Paella."*

Mit diesen Worten stellte Annabel eine große Pfanne mitten auf den Tisch.

*„Und dazu gibt es einen Rioja, einen spanischen Rotwein"*, ergänzte Annabel.

Sie füllte die Teller und wünschte *„buen apetito!"*

Paul brannte die Frage nach dem eigentlichen Grund für das Essen auf der Seele, und er hatte größte Mühe sich zu beherrschen.

*„Der ist für eine gute Verdauung"*, sagte Annabel nach dem Essen und kredenzte einen „Brandy Osborne".

Sie goss ein und fügte hinzu:

*„Diesen sehr alten, feinen Brandy habe ich schon viele Jahre. Ich habe ihn für einen besonderen Anlass aufgehoben, und heute ist der richtige Tag dafür."*

*„Willst du mir nicht endlich sagen, was los ist?"*, drängte nun Paul, der es nicht mehr länger aushielt.

*„Und mir auch, Mama"*, fügte Verónica hinzu.

*„Weißt du wirklich nicht, worum es geht?"*, fragte Paul Verónica erstaunt.

*„Genau so wenig wie du"*, antwortete Verónica.

Annabel nahm einen großen Schluck „Osborne" und sagte dann:

*„Ich werde nach Spanien zurückgehen."*

Paul und Verónica erschraken zutiefst. Sie sahen zuerst beide Annabel an und dann sich gegenseitig.

*„Und für wie lange?"*

Verónica hatte sich zuerst gefangen. Ihr Blick war starr, als sie das fragte.

*„Für sehr lange; vielleicht für immer"*, antwortete Annabel, *„genau weiß ich das noch nicht."*

*„Und warum?"*, fragte nun Paul.

*„Es ist wegen deiner <Abuela>, mein Kind"*, antwortete Annabel.

Sie hatte die Antwort an Verónica gerichtet.

*„Wer oder was ist das?"*, fragte Paul, der mit dem Wort nichts anzufangen wusste.

*„Das ist meine Großmutter"*, antwortete Verónica, und fragte anschließend ihre Mutter:

*„Was ist mit Abuela?"*

*„Sie ist sehr krank, und sie kann nicht mehr für sich selber sorgen. Der Tod von <Abuelo> hat Spuren bei ihr hinterlassen."*

Jetzt wandte sich Annabel an Paul, der sich denken konnte, was <Abuelo> bedeutete.

*„Wie du weißt, ist mein Vater – kurz vor unserem gemeinsamen Besuch bei meiner Mutter – verstorben. Am Anfang schien es, als würde sie gut damit zurechtkommen, aber das schien nur so.*

*Sie hat sich offensichtlich verstellt, als wir bei ihr waren. Vor ein paar Tagen hat mir Tante Rosa, die Schwester meines Vaters, geschrieben und mir mitgeteilt, wie es meiner Mutter wirklich geht."*

Paul hatte aufmerksam zugehört, während Verónica den besagten Brief las, den ihr ihre Mutter gegeben hatte.

*„Und könnte nicht Tante Rosa sich um deine Mutter kümmern?",* wagte Paul einen zaghaften Versuch.

*„Erstens ist Tante Rosa noch älter als Mama",* antwortete Annabel, *„und zweites kann ich etwas davon an meine Mutter zurückgeben, die für mich und Verónica da war, als ich Hilfe brauchte."*

*„Das verstehe ich",* sagte Paul, den gerade eine tiefe Traurigkeit beschlich.

Annabel ging zu Paul, umarmte ihn und sagte:

*„Es tut mir unendlich leid, mi amor."*

Und dann weinten drei Menschen, die sich auf so wunderbare Weise gefunden hatten, und die jetzt auf so tragische Weise auseinandergehen mussten.

Es war das letzte Mal, dass Paul und Annabel sich sahen. Annabel bat Paul darum ihre Entscheidung zu respektieren, und es ihr nicht noch schwerer zu machen.

Und Verónica ging künftig zu einem anderen Vortragenden, was Paul zwar überhaupt nicht verstand; aber gleichermaßen respektierte.

**DANKE!!!**

Die innere Stimme von Regisseur Paul Lindner jauchzte.

*„Das war ausgezeichnete Arbeit. Ich bin sehr zufrieden."*

*„Mit was bist du zufrieden, und mit wem sprichst du?"*

Paul riss den Kopf herum, als er die Stimme aus dem „Hier und Jetzt" hörte.

Iris stand hinter ihm, hüllenlos wie er selbst, und lächelte ihn an.

*„Was machst du hier?"*, fragte Paul, und noch bevor Iris antworten konnte, fügte er hinzu:

*„Adrian, die alte Plaudertasche; ich hätte es mir denken können."*

„Adrian ist keine Plaudertasche", widersprach Iris, „er ist ein Freund. Der beste, den man sich wünschen kann, und wahrscheinlich der einzige, den du hast."

„Und was willst du?", fragte Paul gereizt.

„Mit dir reden, du alter Brummbär."

„Vox populi – vox dei", murmelte Paul.

"Du vergisst, dass ich ebenso Latein gelernt habe wie du", sagte Iris, „und wenn ich die Stimme des Volkes bin, und Gott aus mir spricht, dann höre auch zu.

Aber zunächst einmal in aller Höflichkeit:

„Ave ursus Paulus!"

„Mortuus te salutat" (der Totgeweihte grüßt dich), erwiderte Paul in Anlehnung an den Gruß der Gladiatoren im alten Rom, mit welchem sie den hohen Gast im Circus Maximus begrüßten.

„Etwas makaber; aber nicht ganz unzutreffend", antwortete Iris, und nahm neben Paul auf einer Liege Platz.

„Sagst du mir jetzt bitte, was du da vorhin in deinen Bart gemurmelt hast? Und hole mir bitte etwas zu trinken."

*„Was möchtest du?"*, fragte Paul und stand auf.

*„Etwas, was die Nerven beruhigt"*, antwortete Iris.

*„Dann mache ich dir am besten einen Baldriantee"*, witzelte Paul und verschwand im Hausinneren.

\*\*\*\*\*

## Kapitel 6– Iris

Es waren schon ein paar Monate vergangen, als Paul beschloss seinen alten Studienfreund Adrian Höllerschmitt aufzusuchen.

Seine Kopfschmerzen, welche ihm schon eine geraume Zeit immer wieder zusetzten, und mehr noch die gelegentlich auftretenden Sprachstörungen, hatten ihn zu seinem Hausarzt geführt, welcher jedoch die falsche Diagnose stellte.

Daher beschloss er Adrian zu konsultieren, der sofort die Durchführung einer Magnetresonanztomographie veranlasste, welche Gewissheit über seine körperliche Beeinträchtigung brachte.

Das Ergebnis hieß „Glioblastom", ein Name, der gut in jeden Science-Fiction-Film gepasst hätte, nur dass dies die Wirklichkeit war, und eine hässliche obendrein.

Es folgten Operation und die berüchtigte Chemo, und alles in der Hoffnung den bösen Feind dadurch zu besiegen. Und heute war der Tag der Entlassung.

*„Ich möchte dir jemanden vorstellen, bevor du gehst."*

Mit diesen Worten stellte Adrian eine Kollegin vor.

*„Das ist Frau Dr. Iris Zeilinger, Psychologin und liebe Freundin."*

Paul riss seine Augen weit auf. Zuerst richtete er seinen Blick auf eine attraktive Frau ohne weißen Kittel, und dann auf seinen alten Freund mit weißem Kittel.

*„Ich habe es gewusst"*, sagte Paul, *„ich habe es gewusst. Ich hätte dir niemals trauen sollen."*

*„Was hast du gewusst?"*, fragte Adrian, *„und was heißt das, du hättest mir nicht trauen sollen?"*

Paul deutete auf Adrian und sagte dann zu der Frau ohne weißen Kittel:

*„Ich bin mir nicht sicher, ob Sie mir glauben werden; dazu kenne ich Sie nicht gut genug."*

Es folgte eine kurze Pause, in welcher Pauls Finger weiterhin auf Adrian gerichtet blieb. Dann sagte er:

*„Ich war vor der Operation völlig normal. Aber dann hat mir dieser Quacksalber einen Teil meines Gehirns herausgeschnitten, und jetzt brauche ich dringend Ihre Hilfe, verehrte Frau Doktor!"*

Es dauerte eine Weile, bevor die beiden völlig verdutzten Menschen am Fußende des Krankenbettes begriffen, was gerade geschehen war.

*„Liebe Iris, ich habe dir zwar gesagt, dass mein Freund Paul Lindner Philosophie studiert hat; aber nicht, dass er einen Knall hat. Und das schon von Geburt an."*

Es folgte ein befreiendes Lachen der drei Anwesenden.

Dr. Iris Zeilinger streckte Paul die Hand entgegen und sagte:

*„Ich freue mich Sie kennenzulernen, Herr Professor!"*

Paul hielt die schmale Hand der Ärztin eine Weile fest und schaute ihr ins Gesicht. Dann antwortete er:

*„Unter anderen Umständen würde ich mich auch über Ihre Bekanntschaft freuen; aber so…"*

Iris Zeilinger war verunsichert. Eine Ahnung beschlich sie, dass sie mit diesem Mann nicht zurechtkommen würde.

*„Habe ich Sie erschreckt?"*, fragte Paul mit einem Augenzwinkern. *„Das tut mir leid; das lag nicht in meiner Absicht.*

*Natürlich freue ich mich eine so charmante Dame kennenzulernen. Und bitte nennen Sie mich nicht Professor; Paul genügt völlig."*

*„Das ist sehr freundlich von Ihnen"*, antwortete die Frau Doktor, *„aber das wäre unprofessionell. Ich würde es vorziehen formell zu bleiben."*

*„Ganz wie Sie wünschen"*, entgegnete Paul mit einem hilfesuchenden Blick zu seinem Freund, von dem er jedoch nur ein schwaches Achselzucken als Antwort bekam.

Als die Frau Doktor gegangen war, fragte Paul seinen Freund:

*„Was war das denn? Ist die immer so?"*

*„Ich weiß auch nicht, warum sich Iris dir gegenüber so verhalten hat. Normalerweise ist sie ganz anders."*

*„Und wieso schleppst du mir überhaupt diese Psychotante hierher?"*, fragte Paul seinen Freund.

„*Ich dachte, sie könnte dir behilflich sein*", antwortete Adrian.

„*Behilflich? Bei was?*", fragte Paul.

„*Es ist doch ganz sicher auch eine seelische Belastung*", begann Adrian einen Erklärungsversuch, „*der Tumor, die OP, die Chemo und alles.*"

Als Paul keine Reaktion auf das Gesagte zeigte, fuhr Adrian fort:

„*Du musst das ja nicht machen. Ich kann es auch gern wieder absagen, wenn du das möchtest.*"

„*Nein, mein Freund, das möchte ich ganz und gar nicht*", antwortete Paul. „*Ich möchte dieses sterile Wesen unbedingt näher kennenlernen.*"

„*Bist du dir ganz sicher?*", fragte Adrian, dem bei dem Gedanken nichts Gutes schwante.

„*Absolut sicher, mein Freund*", antwortete Paul, „*und du wirst mir dabei helfen.*"

„*Und wie?*", fragte Adrian ängstlich.

„*Indem du sie zum Essen zu dir nach Hause einlädst. Deine entzückende Gattin soll etwas Feines kochen. So kann ich deine Barbara endlich einmal wiedersehen.*"

„*Ich weiß nicht, ob Iris zustimmt, wenn sie erfährt, dass du auch da sein wirst*", sagte Adrian zweifelnd.

„*Das ist kein Problem*", erklärte Paul, „*du sagst ihr einfach nicht, dass ich auch komme.*"

„*Findest du das richtig?*" nährte Adrian weiter seinen Zweifel.

„*Weiß ich nicht*", antwortete Paul, „*aber hilfreich allemal.*"

***** 

„*Es ist schön, dass wir uns endlich einmal wiedersehen*", sagte Barbara, und küsste Paul auf beide Wangen. „*Wie lange ist das her?*"

„*Viel zu lange*", antwortete Paul, und überreichte der Hausherrin einen wunderschönen Blumenstrauß.

„*Komm weiter*", sagte Barbara, „*den Weg kennst du ja noch.*"

Paul lächelte. Er klopfte an die Tür zum Wohnzimmer und trat ein.

„*Hallo Paul*", begrüßte Adrian den Freund, „*schön, dass du es so kurzfristig einrichten konntest.*"

Und zu Iris Zeilinger gerichtet, welche bereits anwesend war, sagte Adrian:

„*Es war die Idee von Barbara; ich hoffe, es ist für dich in Ordnung, liebe Iris.*"

Man konnte deutlich im Gesicht von Iris erkennen, dass sie sich gerade innerlich einer Entscheidungsfindung widmete.

*„Aber selbstverständlich, lieber Adrian. Ich freue mich sehr Herrn Professor Lindner zu sehen"*, sagte Iris und reihte sich nahtlos in die Reihe der Schwindler ein.

*„Wie geht es Ihnen, Herr Professor?"*

Mit dieser Frage verband Iris ein honigsüßes Lächeln, welches bei dem Empfänger unweigerlich Zahnschmerzen auslösen musste.

*„Es geht mir prächtig, Iris"*, antwortete Paul, um unmittelbar darauf mit dem Ausdruck größter Erschrockenheit zu ergänzen:

*„Das ist mir jetzt aber furchtbar peinlich, Frau Doktor, ich hoffe, Sie verzeihen mir."*

*„Touché"*, dachte Frau Dr. Zeilinger und überlegte krampfhaft, wie sie mit der Situation umgehen sollte.

Zum Glück löste Barbara den Knoten, indem sie vorschlug:

*„Das Problem ist gleich gelöst. Adrian holt den Champagner aus dem Kühlschrank, und dann trinken wir alle auf DU. Ihr seid beide sehr liebe Freunde von uns, und da wäre die Siezerei doch Blödsinn. Findet ihr nicht auch?"*

Während das zustimmende JA durch Paul eher einem Triumphschrei glich, hörte es sich bei Iris an, als führe man sie zum Schafott.

Sie mochte es nicht, wenn andere für sie die Kontrolle übernahmen. Das hatte sie selbst viele Jahre durch ihren Ehemann erfahren müssen.

Sie hatte sich – nach der Scheidung – geschworen, dass kein Mann jemals über sie herrschen sollte. Und genau das war ihr gerade passiert.

Sie war nicht so blauäugig zu glauben, dass dieses Szenario eine völlig natürliche Angelegenheit wäre, und sie schwor sich in diesem Augenblick sich zu revanchieren.

*****

*„Es ist sehr freundlich von Ihnen, dass Sie mich mitnehmen"*, sagte Iris Zeilinger, als sie neben Paul in dessen Wagen saß.

Sie hatte ihn am Ende des gemeinsam verbrachten Abends bei Adrian und Barbara darum gebeten.

*„Das mache ich sehr gern"*, antwortete Paul, *„aber warum siezen wir uns jetzt?"*

*„Weil die Charade jetzt zu Ende ist"*, antwortete Iris mit einem breiten Lächeln im Gesicht, welches Paul – bedingt durch die inzwischen hereingebrochene Dunkelheit – nicht sehen konnte.

*„Mögen Sie generell nicht, wenn man Sie duzt"*, fragte Paul, *„oder genieße ich nur einen Sonderstatus bei Ihnen?"*

*„Ach wissen Sie, Herr Professor, es ist ganz einfach"*, antwortete Iris, *„ich mag nur nicht, wenn man mich für dumm verkauft."*

Paul brauchte einen Augenblick, bevor er etwas sagte. Er war in diesem Moment sehr froh, von der Dunkelheit der Nacht geschützt zu sein.

Er schaute kurz in den Innenspiegel des Wagens, um dem Verdacht nachzugehen, er könnte vielleicht errötet sein. Dann sagte er:

*„Ich bekenne mich schuldig und bitte um Gnade."*

Iris lächelte. So sehr sie sich noch vor Stunden über diesen Mann geärgert hatte, so sehr musste sie jetzt gegen eine bedrohlich nahe kommen wollende Sympathie für ihn ankämpfen.

*„Warum sollte ich Gnade walten lassen, wo Sie mich derart hintergangen haben?"*

*„Weil ich einen wichtigen Teil meines Gehirns auf dem Operationstisch zurücklassen musste, und weil ich mit Drogen vollgestopft worden bin, durch die ich*

*den kläglichen Rest, zusammen mit meiner Seele, ausgespien habe."*

Diese exzellente Antwort war stärker als der Wille von Iris ernst bleiben zu wollen. Sie musste lachen, ob sie nun wollte oder nicht.

*„Waffenstillstand?"*, fragte Paul in einer Art, welche einem kleinen Kind glich, das etwas angestellt hatte, und nun um einen Ausweg suchte.

*„Waffenstillstand"*, antwortete Iris.

*„Dann darf ich auch wieder DU zu dir sagen?"*, fragte Paul vorsichtig.

*„Langsam, langsam"*, antwortete Iris, *„nicht so schnell, wenn ich bitten darf. Das will erst verdient sein."*

*„Und was muss ich dafür tun?"*, fragte Paul und Iris antwortete:

*„Am Montag, um 11 Uhr in meine Praxis kommen, und danach noch weitere Male, bis das Soll für eine DU-Erlaubnis erreicht ist."*

Paul musste nicht lange überlegen. So ablehnend er anfänglich war, so sehr drängte es ihn jetzt, noch mehr Kontakt mit dieser Frau haben zu können.

Der Preis dafür war zwar sehr hoch, aber er war willig ihn zu bezahlen.

„*Einverstanden*", sagte er, „*diese Runde geht an Sie, Frau Doktor.*"

„*Nennen Sie mich Iris*", erwiderte Frau Dr. Zeilinger, „*jetzt, da wir so gute Freunde geworden sind.*"

Paul grinste. Auf dem Beifahrersitz seines Autos saß die erste Frau, die ihm nicht nur gewachsen zu sein schien, sondern die eher einem Gegner glich, den zu besiegen ein starkes Stück Arbeit sein würde.

*****

Die Praxis von Frau Dr. Zeilinger glich eher einem Wohnzimmer. Paul war überrascht, als er das sah.

„*Wo ist die Couch?*", fragte er süffisant.

„*Warum fragen Sie?*", antwortete Iris. „*Sind Sie müde? Hatten Sie eine lange Nacht?*"

„*Ich beziehe mich nur auf ein übliches Klischee*", antwortete Paul.

„*Sie haben sich gerade die Antwort auf Ihre Frage selbst gegeben*", erwiderte Iris, „*es ist nur ein Klischee.*"

Paul setzte sich in einen Sessel, der neben einem kleinen Tischchen stand, und auf dessen anderer Seite sich ein zweiter Sessel befand, in welchem Iris Platz nahm.

Die beiden Sitzmöbel waren so angeordnet, dass sich zwei Menschen gegenübersaßen, die sich ansehen konnten, getrennt durch eine Neutralzone in Form des Tischchens.

Paul wirkte etwas angespannt, ja fast nervös, als sich Iris zu ihm setzte.

*„Ist Ihnen das zu nah?"*, fragte Iris.

Paul antwortete nicht, er schüttelte nur leicht mit dem Kopf.

*„Ich sage Ihnen jetzt etwas, was Sie widerlegen, aber auch einfach nur stehen lassen können.*

*Müsste ich Ihre Person beschreiben, so würde ich sagen: Dieser Mann ist ein grummeliger Bär, der gern einmal brummt, wenn ihm jemand zu nahe-kommt. "*

Paul sah Iris erstaunt an. Er fühlte sich plötzlich nackt. Diese Frau konnte bis auf den Grund seiner Seele schauen.

*„Ich bin sehr froh, dass Sie nicht aufstehen, und fluchtartig diese Stätte verlassen. Es zeigt mir, dass Sie für ein ernstes Gespräch bereit sind.*

*Wir werden uns gut verstehen, und wir werden uns mit größter Höflichkeit und Respekt begegnen. Ist das so in Ordnung für Sie?"*

Paul sah sein Gegenüber plötzlich in einem vollkommen anderen Licht, und er war bereit alles über sich ergehen zu lassen.

*„Ich bin dabei"*, antwortete Paul, *„fangen wir an."*

*„Gut"*, entgegnete Iris, *„dann stelle ich Ihnen ein paar Fragen und Sie antworten spontan ohne nachzudenken.*

*„Fühlen Sie einen Schmerz?"*

*„Ist diese Frage ernst gemeint?"*, sagte Paul fast ein wenig gekränkt, *„Sie wissen doch, was mir aus dem Schädel herausgeschnitten wurde."*

*„Ich meine nicht den Schmerz in Ihrem Kopf"*, antwortete Iris mit einem feinen Lächeln, *„ich meine die Stelle, die etwas tiefer gelegen ist, und ich denke, Sie wissen das auch."*

*„Das Geheimnis der Liebe ist größer als das des Todes"*, sagte Paul.

*„Wohl wahr"*, antwortete Iris, *„entstammt das aus Ihrem malträtierten Kopf?"*

Jetzt lächelte, Paul als er das hörte und antwortete:

*„Nein, das stammt von Oscar Wilde."*

*„Von wem stammt dieser Satz: Die Forderung geliebt zu werden, ist die Größte der Anmaßungen."*

Paul dachte über diese Frage von Iris nach, fand aber keine Antwort.

*„Ich bin enttäuscht von Ihnen, lieber Paul, dass Sie das nicht wissen"*, sagte Iris in einem Hochgefühl von Genuss. *„Es ist von einem Ihrer geschätzten Kollegen."*

*„Dann kann es nur Nietzsche sein"*, antwortet Paul spontan.

*„Bravo!"*, sagte Iris begeistert, *„aber einen hätte ich noch: Wenn auf der Erde die Liebe herrschte, wären alle Gesetzte entbehrlich."*

*„Unverkennbar Aristoteles, der alte Grieche"*, antwortete Paul. *„Ein faszinierender Mensch. Philosoph und Wissenschaftler. In seiner Person sehe ich Sie und mich vereint, liebe Iris."*

Iris stockte. Der letzte Satz von Paul ergriff sie mit solcher Wucht, dass sie ins Wanken geriet. Spielte dieser Mann mit ihr oder reichte er ihr gerade die Hand?

*„Man kann ohne Liebe Holz hacken, Ziegel formen, Eisen schmieden. Aber man kann nicht ohne Liebe mit Menschen umgehen."*

Paul ließ dieses Zitat einen Moment lang auf Iris einwirken, bevor er fortfuhr:

*„Ich möchte gern mit Ihnen Essengehen; nur wir beide. Wenn Sie den Autor dieses Zitates kennen, bezahle ich und Sie können die Lokalität aussuchen.*

*Wenn Sie den Autor nicht kennen, suche ich die Lokalität aus und Sie bezahlen."*

*„Heben Sie schon einmal Geld von der Bank ab"*, sagte Iris, *„denn das wird teuer für Sie. Tolstoi ist mein Lieblingsschriftsteller."*

\*\*\*\*\*

*„Ich bin lange hin- und hergeschwankt, ob wir in ein griechisches oder in ein russisches Lokal gehen sollen"*, sagte Iris, *„habe mich dann aber für den Griechen entschieden, weil mir die griechische Küche nähersteht als die russische."*

*„Ist mir sehr recht"*, antwortete Paul, *„ich bin selbst ein großer Griechenland-Fan."*

Er musste an Annabel denken. Mit ihr und Verónica zusammen, war er ein einziges Mal auf der Insel Korfu. Es war nur wenige Wochen, bevor sie ihm mitteilte, dass sie nach Spanien zurückkehren würde.

Die Erinnerung daran tat Paul weh.

*„An was denken Sie, Paul?"*, fragte Iris, welcher die plötzlich auftretende Gemütsveränderung von Paul nicht entgangen war.

Paul schluckte heftig; er konnte nicht antworten.

Iris ergriff die Hand von Paul und fragte:

*„Ist das der Schmerz, nach dem ich Sie vor ein paar Tagen gefragt habe?"*

Paul nickte. Ein warmes Gefühl durchströmte ihn. Er sah Iris an, und ihm wurde bewusst, dass sie der erste Mensch war, den er bis in den tiefsten Winkel seines Herzens vordringen ließ.

*„Hat der Schmerz auch einen Namen?"*, fragte Iris, und Paul antwortete:

*„Ja, sogar zwei: Annabel und Verónica."*

Und ohne, dass Iris ihn dazu aufgefordert hatte, begann Paul ihr sein wundes Herz auszuschütten. Mit jedem Wort, mit jeder Silbe fühlte Paul, wie frische Luft in seine Seele wehte, um den Moder schmerzhafter Erinnerungen herauszuspülen.

Der Blick aus den Augen von Iris rief Paul das Wort „Zuversicht" zu. Sie unterstrich es mit einem Lächeln und mit den Worten:

*Was du liebst, lass frei. Kommt es zurück, gehört es dir – für immer."*

*„Das klingt nach einem Glückskeks"*, sagte Paul, der seine Fassung zurückgewonnen hatte.

Iris hielt ihre Zeigefinger an den äußeren Winkel ihrer Augen, wackelte mit dem Kopf und sagte:

*„Konfuzius sagt..."*

*„Jetzt haben wir wohl alle Kalendersprüche durch"*, sagte Paul in einem Gefühl völliger Losgelassenheit.

*„Einen habe ich noch"*, sagte Iris, *„der ist aber sehr frauenfeindlich."*

*„Noch einmal Nietzsche?"*, fragte Paul.

*„Nein, weit gefehlt"*, antwortete Iris, *„der ist von einer berühmten Marxistin, die eigentlich <Luxenburg> hieß, aber durch einen behördlichen Schreibfehler zu Rosa Luxemburg wurde, und lautet:*

*„Ich bleibe dabei, dass der Charakter einer Frau sich nicht zeigt, wo die Liebe beginnt, sondern wo sie endet."*

*„Darf ich einen letzten Spruch zitieren?"*, fragte Paul und Iris antwortete: *„Nur zu!"*

*„Wo das Vertrauen fehlt, da fehlt dem Kranz der Liebe seine schönste Blume."*

„*Das ist wunderschön*", sagte Iris, „*von wem stammt das?*"

„*Von Johann Wolfgang von Goethe*", antwortete Paul, „*aber jetzt ist endgültig Schluss; ich habe Hunger.*"

Als sie mit dem Essen fertig waren, überraschte Iris Paul mit dieser Frage:

„*Könntest du dir vorstellen mit mir auf die Insel Korfu zu fliegen?*"

Und auch nur einen einzigen Moment nachzudenken, antwortet Paul:

„*Noch viel weiter, du wunderbare Frau; mit dir bis ans Ende der Welt.*"

*****

Das Hotel auf der Insel lag unmittelbar am Strand, und die Suite, zum Meer hin gelegen, gab einen herrlichen Blick frei.

Iris hatte den verträumten Blick in Pauls Gesicht bemerkt und sie fragte:

„*Du warst schon einmal hier, nichtwahr?*"

*„Ja, mit Annabel und Verónica"*, antwortete Paul und sah Iris etwas ängstlich dabei an.

*„Ist das schlimm?"*, fragte er zögerlich, *„hätte ich dich vorher fragen sollen?"*

*„Nein"*, antwortete Iris, *„du verbindest ja etwas Schönes mit diesem Ort. Schlimm wäre nur, wenn du in mir Annabel sehen würdest."*

*„Das tue ich ganz bestimmt nicht"*, erwiderte Paul hastig, *„der Mann, der vor dir steht, und der dich mehr liebt, als er auszudrücken vermag, hat mit dem Mann vor ein paar Jahren nichts mehr zu tun."*

*„Dann ist alles gut"*, antwortete Iris. *„Lass uns die Koffer auspacken und zum Strand gehen. Ich kann es kaum erwarten."*

Iris ließ ihre Hand ins Wasser gleiten, als sie mit einem Tretboot ein Stück weit vom Ufer wegfuhren.

*„Das Wasser ist herrlich und so klar"*, sagte sie und betrachtete die Sonnenreflexionen, die auf dem Meer herumtanzten.

Als sie so weit vom Ufer entfernt waren, dass die Badegäste wie kleine Legofiguren aussahen, zog Iris ihren Bikini aus.

*„Stört es dich?"*, fragte Iris, *„es ist doch niemand weit und breit."*

Paul lachte. Er liebte es nackt zu sein. Manchmal legte er sich auf der Terrasse seines Hauses nackt in die Sonne.

Iris konnte das nicht wissen, weil sie noch nie dort war. *„Das muss sich schnellstens ändern"*, ging es Paul durch den Sinn und er antwortete scherzhaft:

*„Ich bin ein wenig schüchtern."*

*„Das kannst du jemand anderem erzählen"*, erwiderte Iris, *„zieh sofort deine Hose aus und komm ins Wasser."*

Als sie dies sagte, stieß sie sich vom Boot ab und sprang hinein. Paul zog die Badehose aus und sah Iris zu.

Sie legte sich auf den Rücken und ließ sich vom Wasser tragen.

*„Es ist herrlich"*, rief sie ihm zu, *„warum kommst du nicht herein?"*

Paul schüttelte mit dem Kopf und sagte:

*„Ich schau dir lieber zu, mein Liebling."*

Es wurde ihm in diesem Moment bewusst, dass er zum ersten Mal, seit er mit Iris zusammen war, ein Kosewort gebraucht hatte. Und von Iris bekommen hatte er bisher auch keines.

*„Kannst du nicht schwimmen oder bist du wasserscheu?"*, setzte Iris nach.

*„Ich habe Angst"*, sagte Paul.

*„Angst?"*, fragte Iris erstaunt, *„Angst vor was?"*

*„Vor Haien"*, antwortete Paul.

*„Unsinn"*, sagte Iris lächelnd, *„hier gibt es keine Haie."*

*„Und wenn doch?"*, spielte Paul das Spiel weiter.

*„Dann sind sie jetzt gerade nicht da"*, sagte Iris.

*„Und wieso nicht?"*, fragte Paul.

*„Weil jetzt Urlaubszeit ist, und da schwimmen sie alle in den Atlantischen Ozean, um ihre Verwandte zu besuchen."*

*„Du bist verrückt"*, sagte Paul lachend.

*„Ja, verrückt nach dir"*, erwiderte Iris, *„komm jetzt endlich herein."*

Iris lag noch immer auf dem Rücken. Paul betrachtete ihren wohlgeformten Körper, und er fühlte eine plötzlich aufkommende Erregung.

Es war ihm peinlich, und er wollte schon die Badehose überstreifen, als Birgit es bemerkte.

*„Untersteh dich ja nicht den <kleinen Paul> bei diesem schönen Wetter einzusperren."*

Iris hatte dieses Wortspiel kreiert. Es gefiel ihr besser seine und ihre Intimzonen mit einem Namen zu versehen, als die üblichen Bezeichnungen dafür zu verwenden.

*„Die< kleine Iris> freut sich jedes Mal, wenn sie ihren kleinen Freund zu Gesicht bekommt",* fuhr Iris fort, die inzwischen wieder auf das Tretboot geklettert war.

Sie kniete vor Paul nieder und schenkte ihm einen Orgasmus auf einem kleinen Gefährt, das munter auf dem Meer schaukelte, über dem nur der Himmel war und eine Sonne, die verständnisvoll lächelte.

*****

*„Erkunden wir heute die Insel?",* fragte Iris am nächsten Morgen beim Frühstück.

„*Das machen wir*", antwortete Paul, „*ich habe uns schon einen Guide besorgt. Wir treffen uns nachher mit ihm an der Rezeption.*"

Als sie nach dem Frühstück zur Rezeption gingen, wurden sie bereits erwartet. Ein braungebrannter Mann streckte Paul die Hand entgegen und sagte:

„*Kaliméra, Pavlos!*"

Paul ergriff die Hand des Mannes und antwortete:

„*Kaliméra, Spyros!*"

Danach wandte sich Paul zu Iris und sagte:

„*Darf ich dir einen alten Freund vorstellen? Das ist Spyros, er wird uns heute seine Insel zeigen.*"

Iris war völlig überrascht. Paul stellte sie seinem Freund mit den Worten „*das ist Iris, meine wunderbare Gefährtin*" vor, und Spyros gab Iris ebenfalls die Hand.

Bevor Iris fragen konnte, erklärte ihr Paul, woher er den Mann kannte.

„*Spyros und ich kennen uns schon viele Jahre. Er hat früher hier im Hotel gearbeitet, und irgendwann sind wir dann Freunde geworden.*"

*„Ich dachte, du warst mit Annabel und Verónica zum ersten Mal auf der Insel?"*, fragte Iris, deren Erstaunen gerade zunahm.

*„Ich war mit den beiden ein einziges Mal hier, nicht zum ersten Mal"*, antwortete Paul, *„aber schon viele Male lange davor in anderer Begleitung und auch allein."*

Iris versuchte ihre Gedanken zu ordnen, irgendwie schien ihr alles ein wenig mysteriös.

*„Wenn es Ihnen recht ist, Madame, dann können wir jetzt losfahren"*, sagte Spyros zu Iris.

*„Um Gottes willen, sagen Sie nicht <Madame> zu mir"*, erwiderte Iris leicht entsetzt.

*„Wie soll ich Sie denn nennen?"*, fragte Spyros.

*„Nennen Sie mich Iris, einfach nur Iris"*, antwortete Iris lächelnd, und Spyros nickte, ebenfalls von einem Lächeln begleitet.

*„Wir fahren zuerst in das Stadtzentrum von Korfu und gehen hinauf zur Alten Burg, von wo man einen herrlichen Ausblick auf die Stadt hat"*, sagte Spyros.

*„Wieso sprechen Sie so gut Deutsch, Spyros?"*, fragte Iris.

*„Ich habe viele Jahre in Deutschland gelebt und gearbeitet"*, antwortete Spyros.

*„Und warum sind Sie wieder hierher zurückgekommen?"*, fragte Iris weiter.

*„Heimweh, Madame"*, antwortete Spyros, der aus Gewohnheit wieder *„Madame"* sagte.

*„Iris, lieber Spyros, bitte Iris und nicht Madame"*, sagte Iris schon fast flehentlich, und Spyros entschuldigte sich und gelobte fortan Besserung.

*„Korfu war früher von zwei Festungswerken umschlossen, und es gab vier Tore, durch welche man in die Stadt gelangen konnte.*

*Heute sind nur mehr zwei davon erhalten. Die Tür von Sankt Nikolaus, unten an der Küstenstraße und die Tür von Spilia, die man heute <Bogen Bonati> nennt, und die sich vor dem alten Hafen befindet."*

*„Sie sind ein toller Reiseführer"*, sagte Iris, *„Sie sollten das beruflich machen."*

Paul lachte und sagte:

*„Das tut er bereits. Normalerweise führt er Reisegruppen herum; aber heute gehört er uns exklusiv."*

Nach dem Besuch der Festung fuhren sie weiter zum „Achilleion", dem Palast, den Kaiserin Elisabeth

(Sisi) von Österreich in den Jahren 1890-1892 erbauen ließ.

Die Ausführungen, die nun folgten, waren sehr interessant.

*„Den Namen verdankt der Palast der Bewunderung der Kaiserin für Achilleus, dessen Kraft ihr imponierte. Sie selbst übte sich ja selbst in täglicher Leibesertüchtigung.*

*Sisi ließ den Vorgängerbau, eine sehr desolate, baufällige Villa abreißen, und an ihrer statt den Palast nach griechischem Vorbild errichten.*

*Später bereute sie diesen Schritt mit den Worten:*

*<Ich habe die alte Wehmut zerstört. Eigentlich bereue ich es jetzt. Unsere Träume sind schöner, wenn wir sie nicht verwirklichen.>*

*Im Park ließ sie eine Marmorskulptur errichten, welche den „Sterbenden Achill" darstellt. Und im Inneren befindet sich ein großes Fresko des österreichischen Malers Franz Matsch, welches den siegreichen Achilleus darstellt, der auf einem Streitwagen stehend, den besiegten Hektor vor den Toren Trojas schleift.*

*Interessant ist, dass der Gatte von Sisi, Kaiser Franz Joseph das Achilleion nie besucht hat.*

*Kaiser Wilhelm II kaufte 1907 das Objekt und ließ es zu einem diplomatischen Zentrum umbauen.*

*Den <Sterbenden Achilles> ließ er durch den <Siegreichen Achilles> mit Schild und Speer ersetzen, ein riesenhaftes, männlich-heroisches Werk eines Potsdamer Bildhauers.*

*Den kleineren <Sterbenden Achilles> ließ er einige Meter nach hinten versetzen und platzierte dafür die siegreiche Ausgabe an dessen Stelle.*

*Helm und Speerspitze waren mit Gold überzogen und bei gutem Wetter und klarer Sicht bis zum Hauptort Kerkyra (griechischer Name für Korfu) zu sehen.*

*Früher war das Gartengelände über eine Brücke mit dem Strand verbunden und hatte eine eigene Anlegestelle.*

*Das war die <Kaiser's Bridge>, von der heute nur noch Reste vorhanden sind."*

*„Das ist wohl die meistbesuchte Attraktion auf der Insel"*, sagte Paul und Spyros stimmte ihm zu.

*„Ihr habt doch sicher die kleine Insel gesehen, die nicht weit vom Ufer entfernt liegt"*, sagte Spyros, *„da fahren wir jetzt hin.*

*Das ist die <Mäuseinsel>, auf Griechisch <Pon-dikonisi> und misst nur 100 x 110 Meter. Auf einer künstlich errichteten Anhöhe befindet sich eine Byzan-tinische Kapelle aus dem 11./12. Jahrhundert.*

*Die Bezeichnung <Mäuseinsel> ist auf einen Übersetzungsfehler zurückzuführen. Richtig müsste sie <Mausinsel> heißen, weil sie der Form nach an eine Maus erinnert.*

*Angeblich war das auch ein Lieblingsplatz von Kaiserin Sisi, die ab und zu von Kanoni hierherge-schwommen sein soll. Eine kleine Gedenktafel erin-nert daran.*

*Und wenn ihr dann immer noch nicht genug habt, dann fahren wir nach Kanoni, von wo wir einen herr-lichen Blick auf die Mäuseinsel und das Klosterinsel-chen <Vlacherna> haben, wo wir das Kloster an-schauen können.*

*Das kleine weiße Kloster mit einem roten Ziegel-dach, das fast die ganze Fläche der kleinen Insel ein-nimmt, wurde um 1700 erbaut.*

*Und so klein das Gebäude auch ist, einen Platz für einen Souvenirladen hat man gefunden. "*

Es war schon später Nachmittag, als Spyros Paul und Iris zum Hotel zurückbrachte.

„*Ich hoffe, unser kleiner Ausflug hat euch gefallen*", sagte Spyros mit einem Anflug von Stolz in der Stimme.

„*Sehr sogar*", antwortete Iris, „*aber ich bin ganz schön geschafft.*"

„*Wir möchten dich für morgen Abend zum Essen einladen*", sagte Paul, „*heute sind wir schon zu müde. Wir wollen nur noch duschen, eine Kleinigkeit im Zimmer essen und dann schlafen.*"

Spyros lächelte. „*Es ist die Hitze*", sagte er, „*man muss sie gewöhnt sein. Was eure Einladung betrifft, so lade ich euch für morgen Abend zu mir nach Hause ein. Angelikí wäre zu Tode beleidigt, wenn ihr das ausschlagen würdet.*"

Und zu Paul gewandt, ergänzte er:

„*Du kennst ja mein liebes Eheweib.*"

Paul lachte und sagte:

„*Ich habe die große Freude dieses wunderbare Geschöpf zu kennen, und wir nehmen deine Einladung gerne an. Grüße Angelikí lieb von mir, und sage ihr, dass ich mich schon sehr darauf freue sie wiederzusehen.*"

*„Bitte auch von mir liebe Grüße unbekannter- weise"*, fügte Iris noch schnell hinzu und dann trennten sich die drei.

*„Waren Annabel und Verónica auch bei Spyros zuhause?"*, fragte Iris scheinbar beiläufig, als sie wenig später beim Essen waren.

Sie hatten sich nach dem Duschen nur einen Bademantel angezogen und eine Kleinigkeit zu essen auf ihr Zimmer bestellt.

Paul unterdrückte ein Lächeln, als Iris ihn das fragte. Die Sache mit der Beiläufigkeit funktionierte nicht wirklich.

Er hatte ihr alles von seinen festen, ehemaligen Beziehungen erzählt; aber nur die letzte hatte sich wie ein kleiner Widerhaken in der Seele seiner Liebsten verfangen.

*„Nein, mein Schatz"*, antwortete Paul, *„dieses Privileg hast nur du."*

*„Und warum bist du mit den beiden nicht bei Spyros zuhause gewesen?"*, bohrte Iris weiter, und wiederum ganz beiläufig.

*„Ganz einfach, weil Spyros uns damals nicht eingeladen hat"*, antwortete Paul.

*„Aber so eine tolle Rundfahrt, wie wir heute ge-
macht haben, habt ihr damals doch sicher auch gemacht"*, gab Iris nicht auf.

*„Und wiederum ist die Antwort NEIN"*, sagte Paul,
und dieses Mal konnte er sich ein breites Grinsen
nicht mehr verkneifen.

*„Du denkst, ich bin albern"*, sagte Iris, die sich ein
wenig ertappt fühlte.

*„Albern nicht; aber vielleicht ein klein wenig ei-
fersüchtig, Frau Doktor"*, antwortete Paul.

Iris war nahe daran zu widersprechen, unterließ es
aber. Stattdessen sagte sie:

*„Ich benehme mich wie ein Schulmädchen, und ich
schäme mich dafür. Bitte, entschuldige!"*

*„Du musst dich nicht entschuldigen"*, erwiderte
Paul. *„Es ist sicher nicht leicht mit mir an einem Ort
zu sein, wo ich vor einiger Zeit schon einmal mit einer
Frau war, die ich sehr geliebt habe.*

*Vielleicht war es doch nicht so eine gute Idee dir
das zuzumuten. Wenn sich also jemand entschuldigen
muss, dann bin ich das wohl."*

*„Bitte, sage niemand, welchen Beruf ich ausübe"*,
sagte Iris, mit den Augen zwinkernd, *„ich bin eine
Schande für meinen Berufsstand."*

175

*„Das muss ich mir noch überlegen"*, antwortete Paul und fügte nach einer kurzen Pause hinzu:

*„Was ist dir mein Schweigen wert? "*

*„Alles, was du willst, mein Gebieter. Ich will fortan deine willige Sklavin sein"*, antwortete Iris und machte einen Knicks wie ein Stubenmädchen aus alter Zeit.

*„Dann lass uns in dein Boudoir gehen und der Lust frönen"*, erwiderte Paul und hob seinen Kopf ein wenig in die Höhe, um seine Macht zu demonstrieren.

*„Ich werde dich glücklich machen, wie noch nie eine Frau zuvor, mein Gebieter"*, antwortete Iris, streifte ihren Bademantel ab und ging voraus ins Schlafzimmer.

*****

*„Sie sind also die große Liebe unseres Freundes Pavlos."*

Mit diesen Worten begrüßte Angelikí Nikolaidis, die Ehefrau von Spyros, eine aufgeregte Iris, die ein wenig Angst vor dieser Begegnung hatte.

Die wurde ihr jedoch sofort genommen, als Angelikí Iris in den Arm nahm und auf die Wange küsste.

*„Mein Spyros hat so von Ihnen geschwärmt, dass ich es kaum erwarten konnte, Sie kennenzulernen. Und ich muss sagen, er hat nicht übertrieben."*

Iris errötete ein wenig. Ein Wohlgefühl erfasste sie, und sie musste augenblicklich daran denken, dass sie sich eine Mutter gewünscht hätte, wie diese Frau.

Ihre Mutter hatte sie nie in den Arm genommen, weder als Kind noch als sie eine erwachsene Frau war. Die lieblose Art ihrer Mutter war Triebfeder dafür, dass sie schon frühzeitig aus der häuslichen Gemeinschaft entfliehen wollte.

Während ihrer Studienzeit lebte sie in einer Wohngemeinschaft mit zwei anderen Frauen. Und dass sie ausgerechnet Psychologie studierte, war wohl auch darauf zurückzuführen, dass sie eine Antwort darauf suchen und finden wollte, warum ihre eigene Mutter ihr jegliche Zuwendung verweigerte.

*„Warum weinen Sie, mein Kind?"*

Die Frage von Angelikí riss Iris aus ihren Gedanken. Sie hatte gar nicht bemerkt, dass sie Tränen in den Augen hatte.

„*Ich bin nur gerührt, wie liebevoll Sie mich be-grüßt haben*", sagte Iris, „*und ich danke Ihnen für Ihre freundliche Einladung.*"

Sie schaute hilfesuchend zu Paul, in der Hoffnung, dass er sie aus dieser Peinlichkeit befreien würde, in welcher sie sich gerade gefangen fühlte.

Aber Paul stand einfach nur da und lächelte. „*Jetzt weiß ich es, wie es ist*", dachte er, „*das ist Liebe...*"

„*Jetzt trinken wir erst einmal einen Ouzo*" sagte Spyros, „*der wärmt die Seele, und dann essen wir.*"

Angelikí hatte zuvor noch Paul umarmt, und Spyros hatte Iris brav die Hand gegeben.

„*Das nennen wir <Pikilia>*, sagte Angelikí und stellte einen großen Teller auf den Tisch. Er war beladen mit Tsatsiki, gefüllten Weinblättern, Hackbällchen, mit Feta gefüllten Peperoni, Artischocken, Oliven, Gurken und Zwiebeln.

Dazu gab es Weißbrot und jede Menge Ouzo.

„*Auf die Freundschaft!*", sagte Spyros und erhob sein Glas.

„*Jamas!*", sagte Paul und die kleine Gesellschaft prostete sich freudig zu.

*„Waren Sie schon früher einmal in Griechen-land?"*, fragte Angelikí Iris, und bevor Iris darauf antworten konnte, deutete Paul auf die beiden Frauen und sagte:

*„Schluss mit dem SIE! Mein Schatz heißt Iris und diese wunderbare, griechische Göttin heißt Angelikí."*

*„Aber Pavlos, das kannst du doch nicht machen"*, wandte Spyros ein, *„du musst doch Madame erst fragen, ob ihr das angenehm ist."*

*„Das ist <Madame> sogar sehr angenehm"*, sagte Iris, *„aber nur, wenn es Ihnen beiden auch recht ist."*

Dieses Mal erhob Angelikí ihr Glas, und mit einem kräftigen *„Jamas!"* wurde der Beschluss besiegelt.

\*\*\*\*\*

*„Guten Morgen, mein Liebling, geht es dir gut?"*

Iris hatte Paul mit einem zarten Kuss auf die Stirn geweckt.

*„Guten Morgen, schöne Frau"*, antwortete Paul, *„ja, es geht mir gut. Aber warum fragst du?"*

*„Weil du gestern Abend so viel getrunken hast, dass dein Sprechen manchmal nur schwer verständlich war. "*

Paul zuckte zusammen, als er das hörte. Er hatte es verdrängt; aber nun breitete Iris – ohne es zu wissen - die schreckliche Wahrheit vor ihm aus: Er hatte wieder Sprachstörungen.

*„Habe ich dich verletzt? ",* fragte Iris, welche die Reaktion von Paul bemerkt hatte. *„Das wollte ich nicht, entschuldige bitte. "*

*„Nein, nein",* erwiderte Paul, *„du hast recht, ich habe es ja selbst bemerkt. Der viele Ouzo. Ich vertrage halt nicht mehr so viel wie früher. Ich brauche nur eine Kopfwehtablette, und dann ziehen wir los. "*

Dass sein Kopfweh ein weiteres Indiz für seinen Verdacht war, löste ein wenig Angst bei Paul aus.

*„Was machen wir heute Schönes? ",* fragte Iris freudig.

*„Einen Bootsauflug mit Dimitrios",* antwortete Paul.

*„Und wer ist das? ",* fragte Iris *„Auch jemand, den du von früher kennst? "*

„Ja", antwortete Paul, nur dass er damals noch sehr klein war. „*Es ist der Sohn von Spyros und Angelikí.*

*Er hat sich vor einem Jahr mit Spyros zusammen ein Boot gekauft und sie schippern damit Touristen herum.*"

„*Und heute dürfen wir bei einer solchen Tour mitfahren?*", fragte Iris.

„*Nicht mitfahren, mein Schatz*", antwortete Paul, „*wir beide sind die einzigen Touristen.*"

„*Haben da die beiden Männer nicht einen großen Verdienstausfall?*", fragte Iris, und Paul erfreute sich einmal mehr an dem feinen Charakter dieser Frau. Er fragte sich, ob dieses Zauberwesen überhaupt schlechte Eigenschaften besitzen würde.

„*Keine Sorge, mein Schatz*", antwortete Paul, „*das regle ich schon.*"

„*Das ist lieb von dir*", erwiderte Iris, und schenkte Paul eines von ihrem umwerfenden Lächeln.

Dimitrios war ein junger Mann mit schwarzen Haaren und braungebranntem Körper. Da er in der Zeit, als Spyros und Angelikí in Deutschland waren, geboren wurde, ist er zweisprachig aufgewachsen.

Dimitrios begrüßte Paul mit einer herzlichen Umarmung und einem „*Kaliméra, Onkel Pavlos!*"

Iris hingegen reichte er die Hand, verbeugte sich und begrüßte sie mit „*Kaliméra, Frau Iris!*"

„*Einfach nur <Iris>*, entgegnete Iris, und umarmte den völlig überraschten, jungen Mann.

„*Habt ihr einen bestimmten Wunsch, wo ich euch hinfahren soll?*", fragte Dimitrios und Paul antwortete:

„*Wenn du eine kleine verschwiegene Bucht kennst, wo man ungestört baden kann, und wo keine Touristen hinkommen, dann wäre das toll.*"

„*Kenne ich, Onkel Pavlos*", erwiderte Dimitrios.

„*Dann Leinen los und volle Fahrt voraus!*", sagte Paul, und Dimitrios antwortete lachend: „*Aye, aye, Käpt'n!*"

Dimitrios fuhr mit Paul und Iris zu einer Bucht mit dem Namen „Kolpos Electra" (Bucht Elektra), an der Westküste Korfus.

Der Name wird von dem altgriechischen Wort „Elektron" hergeleitet, was so viel wie „bernsteinfarben, leuchtend, hell" bedeutet, und sich auf die Farbe der Felsen in der Bucht bezieht.

*„Hier seid ihr ungestört"*, sagte Dimitrios, als er das Boot mit dem Bug sanft auf den Sandstrand gleiten ließ.

*„Diese Bucht gehört nur den Einheimischen und wird von keinem Touristenboot angesteuert. Ihr müsst nur ein paar Meter um den kleinen Felsen herum gehen, dann seid ihr ganz allein für euch."*

*„Warum bist du nicht gleich dorthin gefahren?"*, fragte Paul.

*„Weil ihr allein sein sollt"*, antwortete Dimitrios.

Paul lachte und sagte:

*„War das vielleicht die Idee von Angelikí?"*

*„Ja"*, antwortete Dimitrios, *„und das auch."*

Mit diesen Worten übergab er Paul einen Korb, gefüllt mit allerlei kalten Köstlichkeiten, Brot, einer Flasche Wein und mehreren Flaschen Mineralwasser.

*„Und lasst euch Zeit, viel Zeit"*, sagte Dimitrios, *„und kümmert euch nicht um mich; ich mache derweil ein Nickerchen."*

Paul nahm den Korb und marschierte mit Iris um den kleinen Felsen herum. Was sie dann sahen, entzückte sie: Eine kleine Bucht, umsäumt mit Felsen, die tatsächlich bernsteinfarben aussahen, und einem feinen Sandstrand.

Die Felsen umsäumten die Bucht hufeisenförmig und stiegen steil an. Wer hierher wollte, musste über einen steilen, schmalen Weg von oben heruntersteigen oder mit einem Boot kommen.

Von hier aus konnte man noch nicht einmal das Boot sehen, mit dem sie gekommen waren. Vor ihnen lag nur das Meer und hinter ihnen die steilen Felsen.

*„Es ist traumhaft schön"*, sagte Iris und breitete dabei die Decke aus, welche Dimitrios ihr mitgegeben hatte.

*„Dann schnell ab ins Wasser"*, sagte Paul und entledigte sich seiner Kleider.

Iris sah ihren nackten Geliebten kurz erstaunt an, und dann zog sie sich ebenfalls nackt aus.

Das Wasser war angenehm war, aber nicht so warm, um keine Kühlung erfahren zu können.

Sie schwammen ein Stück weit hinaus, und kehrten dann ans Ufer zurück. Als sie einander abtrockneten, überfiel beide gleichermaßen eine Lust, der sie sich unmittelbar hingaben.

*„Ich fühle mich wie <Adam und Eva im Para-dies>"*, sagte Iris, nachdem sie sich geliebt hatten, und Paul fügte lachend hinzu:

*„Jetzt fehlt nur noch der Apfel."*

*„Da irrst du dich, mein lieber Adam"*, sagte Iris, und hielt Paul einen Apfel hin, den sie aus dem Korb genommen hatte. Paul biss kräftig hinein, kaute ein wenig und sagte:

*„Ich will dich, Weib, die du mich zur Sünde ver-führt hast."*

*„Dann nimm mich, mein Geliebter"*, antwortete Iris, legte sich auf den Rücken und streckte Paul die Arme entgegen.

Paul legte sich auf Iris, und dann gaben sie sich ein weiteres Mal in einer himmlischen Umgebung irdi-schen Genüsse hin.

*„Ich will hier nie mehr fort"*, sagte Iris. *„Wir bau-en uns eine Hütte und lieben uns bis ans Lebensende."*

Paul sah in die glücksstrahlenden Augen von Iris und sagte:

*„So machen wir es, mein Engel."*

\*\*\*\*\*

Als sich Paul mit Iris auf dem Rückflug nach Hause befand, überfiel ihn eine heftige Kopfschmerzattacke.

*„Was hast du, Liebling?"*, fragte Iris, welcher das schmerzverzerrte Gesicht von Paul nicht entgangen war.

*„Ich habe leichte Kopfschmerzen"*, sagte Paul, *„das kommt vom Fliegen. Ich vertrage es nicht gut."*

*„Soll ich die Stewardess bitten dir eine Tablette zu bringen?"*, fragte Iris besorgt; aber Paul verneinte, weil er wusste, dass ein normales Mittel gegen Kopfschmerzen nicht helfen würde.

*„Lass nur, bis wir landen ist es wieder vorbei"*, sagte Paul und rang sich mühsam ein Lächeln ab, um glaubhafter zu wirken.

Nach der Landung setzten sie sich in ein Taxi. Paul setzte zuerst Iris vor deren Wohnung ab und fuhr dann mit dem Taxi weiter zu sich nach Hause. Dort rief er sofort Professor Höllerschmitt an und bat ihn um einen Termin.

Am nächsten Morgen begrüßte Paul seinen Freund Adrian mit den Worten:

*„Ich glaube, er ist wieder zurück."*

Der Professor musste erst gar nicht fragen, was Paul ihm mit diesen Worten mitteilen wollte. Er sagte stattdessen:

*„Was lässt dich das annehmen, mein Lieber?"*

*„Sprachaussetzer und Kopfschmerzattacken; das Übliche halt..."*

*„In welcher Häufigkeit?"*, fragte Adrian den Freund.

*„Sprachaussetzer nur einmal; aber höllische Kopfschmerzen schon mehrere Male."*

*„Und seit wann hast du wieder diese Symptome?"*, fragte Adrian weiter, und Paul antwortete:

*„Es hat im Urlaub begonnen."*

*„Das hat alles nichts zu bedeuten"*, versuchte Adrian seinen Freund zu beruhigen, der ihm jedoch seltsamer Weise nicht wirklich unruhig erschien.

*„Wie lang kennen wir uns jetzt schon?"*, fragte Paul, seine Stirn in Falten legend, und Adrian wich mit den Worten aus:

*„Wir untersuchen dich jetzt erst einmal, und dann sehen wir weiter."*

„*Heißt das den ganzen Zirkus von damals wieder?*", fragte Paul.

„*Magnetresonanztomographie und gegebenenfalls eine Biopsie*", antwortete Adrian.

„*Dann lass uns gleich damit beginnen*", sagte Paul, „*dann haben wir es hinter uns.*"

„*Du meinst jetzt gleich?*", fragte Adrian überrascht.

„*Natürlich*", antwortete Paul, „*oder hast du schon etwas anderes vor?*"

Adrian sah Paul an, den die Aussicht auf die bevorstehenden Untersuchungen doch ein wenig aus der Bahn geworfen zu haben schien.

„*Entschuldige, Adrian*", sagte Paul, „*das war gerade sehr dumm. Ich hoffe, du nimmst mir das nicht übel.*"

„*Natürlich nicht*", antwortete Adrian und schickte die Frage hinterher:

„*Was sagt eigentlich Iris zu der ganzen Angelegenheit?*"

Paul musste unweigerlich innerlich lächeln. „*Angelegenheit - was für ein Wort für eine massive Bedrohung mit dem Namen <Glioblastom>*", dachte er.

„*Sie weiß es nicht*", antwortete Paul, „*und das soll auch so bleiben. Du erinnerst dich sicher an den Begriff <ärztliche Schweigepflicht>, mein Freund, oder muss ich dich erst daran erinnern?*"

„*Das finde ich nicht gut, Paul*", antwortete Adrian, „*ich finde, du solltest es ihr sagen.*"

Paul ging nicht darauf ein. Er antwortete nur:

„*Diese ärztliche Schweigepflicht gilt wohl auch deiner Gattin gegenüber, nicht wahr?*"

„*Ich werde niemandem etwas sagen, wenn du das nicht willst*", antwortete Adrian, „*auch nicht Barbara.*"

„*Dann ist es ja gut*", sagte Paul. „*Wir wollen doch niemand verrückt machen, bevor wir nichts Genaueres wissen.*"

„*Wie konntest du das überhaupt vor Iris geheim halten?*", wollte Adrian noch wissen, und Paul erzählte ihm die Geschichten von „*zu viel Ouzo*" und „*Flugunverträglichkeit*".

*****

Nach der Bestätigung von der Wiederkehr des Glioblastoms, und dem für Paul letzten verbrachten gemeinsamen Abend mit seinem Freund im Ratskeller, hatte Paul jeden Kontaktversuch von Iris unterbunden.

Ihre Anrufe ließ er ins Leere laufen, und als sie ihn zuhause aufsuchen wollte, öffnete er einfach nicht die Tür. Als Iris ihm eine verzweifelte Email zukommen ließ, schrieb Paul zurück:

*„Hallo Iris,*

*ich weiß, ich werde dir jetzt sehr wehtun; aber gegen seine Gefühle kann man einfach nicht ankämpfen.*

*Als ich mit dir in Griechenland war, sind meine alten Gefühle für Annabel wieder hochgekommen, und ich musste erkennen, dass meine Beziehung zu ihr nie beendet war. Sie war und sie ist noch immer die große Liebe meines Lebens.*

*Ich werde in ein paar Tagen zu ihr nach Spanien fliegen und dort für immer mit ihr leben. Wir haben schon telefoniert, und sie freut sich schon sehr.*

*Die Zeit mit dir werde ich niemals vergessen, und ich danke dir für jeden einzelnen Tag.*

*Ich hoffe so sehr, dass du mich ein klein wenig verstehen wirst und mir irgendwann vielleicht verzeihen kannst, dass ich dich so verletz habe.*

190

*Ich wünsche dir alles Gute,*

*Paul*

\*\*\*\*\*

„*Die Tage werden jetzt schon merklich kürzer*", sagte Iris, als Paul aus dem Hausinneren zurückkam.

„*Hier ist dein Baldriantee, mein Liebling*", sagte Paul und gab Iris ein Glas mit Whiskey in die Hand.

„*Nenn mich nicht <Liebling>*, erwiderte Iris in gespielt vorwurfsvollem Ton. „*Einen Menschen, den man liebt, belügt man und betrügt man nicht.*"

„*Ich wollte dich doch nur schützen*", antwortete Paul.

„*Schützen?*", sagte Iris, und ihre Stimme nahm an Heftigkeit zu. Dieses Mal war es jedoch nicht gespielt.

„*Schützen? Vor was? Davor, dass ich mir ein Leben lang Vorwürfe gemacht hätte, in der vielleicht wichtigsten Phase deines Lebens nicht an deiner Seite gewesen zu sein?*

*Weißt du überhaupt, was du mir damit angetan hättest, du blöder Kerl?*"

Iris hatte Tränen in den Augen. Die Hand, in welcher sie das Whiskeyglas hielt, fing an zu zittern.

*„Hast du meine Liebe zu dir so geringgeschätzt, dass du mich einfach aus deinem Leben rausschmeißen wolltest?"*, fuhr sie aufgeregt fort.

*„Weißt du, wie weh mir das tut? Du bist noch nicht tot und du hast unsere Liebe einfach begraben wollen? Das ist unmenschlich, das ist würdelos, das, das, das…"*

Iris befand sich am Rande einer Hysterie. Sie hatte sich so hineingesteigert, dass ihr einfach die Worte ausgegangen waren.

Paul ging zu Iris hin, nahm ihr das Glas aus der Hand und hielt sie fest. Er wollte sie beruhigen, fand jedoch nicht die rechten Mittel dafür.

Und als er sagte *„bleib doch ruhig; du wirst sehen, alles wird gut"*, steuerte er mit diesen Worten direkt auf den Abgrund zu.

Iris löste sich aus seiner Umarmung und verpasste ihm eine schallende Ohrfeige.

*„Bist du vollkommen irre?"*, schrie sie, *„nichts wird gut – du wirst sterben!"*

Dann warf sie sich Paul an die Brust und sagte unter heftigem Schluchzen:

„*Ich liebe dich so sehr, ich will nicht, dass du stirbst.*"

„*Ich weiß, mein Engel*", erwiderte Paul und strich Iris dabei über den Kopf, und er haderte zum ersten Mal in seinem Leben mit dem Schicksal und mit Gott.

Iris wurde allmählich ruhiger. Sie hatte aufgehört zu weinen und sich niedergesetzt. Sie nahm einen kräftigen Schluck aus dem Glas. Dann sah sie Paul lange und intensiv an.

„*Ist es nicht ein Witz?*", sagte sie in ruhigem Tonfall, „*da sitzt sie nun, die promovierte Frau Dr. Zeilinger, Psychotherapeutin mit einer riesigen Kartei guter Ratschläge, und jetzt, da sie einen für sich selbst bräuchte, ist kein einziger dabei.*"

Sie machte eine kurze Pause, nahm einen weiteren Schluck aus dem Glas und fuhr fort:

„*Aber das mit dem Sterben schiebst du noch eine Weile hinaus. Es hat ja schließlich keine Eile. Versprichst du mir das?*"

War es der Alkohol oder der augenblickliche Gemütszustand von Iris, der sie dieses Plädoyer halten ließ? Paul vermocht es nicht zu sagen.

Er sagte einfach nur „*ich verspreche es*" und verschwand im Haus, um die Whiskeyflasche zu holen.

Er goss Iris erneut und sich ein, und dann prosteten sie einander zu.

*„Aufs Leben!"*, sagte Paul und Iris erwiderte:

*„Aufs Leben und auf Adrian, den besten Freund!"*

*„Wieso hats du gewusst, dass meine Email ein Schwindel war?"*, fragte Paul.

*„Weil man echte Liebe nicht spielen kann"*, antwortete Iris, *„und die Tage auf Korfu waren das Echteste und Wahrhaftigste, was mir in meinem bisherigen Leben begegnet ist."*

*„Es tut mit leid und ich schäme mich, dass ich dich aus meinem Leben kurz vor seinem Ende ausschließen wollte"*, sagte Paul. *„Ich weiß nicht, ob es Feigheit war, oder die Angst davor dir wehzutun."*

*„Das ist jetzt nicht mehr wichtig"*, sagte Iris, *„lass uns hineingehen, die Sonne geht gleich unter, und mir ist kühl. Und dann hältst du mich ganz fest und liebst mich.*

*Und wenn der Moment gekommen ist, dass du gehen musst, dann wird ein Stück von mir mit dir gehen.*

*Und du wirst mir ein Stück von dir hier zurücklassen, damit ich die Kraft haben werde weiterzuleben."*

Es war das letzte Mal, dass sich Paul und Iris umarmten.

Paul schlief nur wenige Tage später – im Beisein seiner Freunde, Adrian und Barbara – in den Armen von Iris friedlich ein.

Eine Schwester machte noch kurz davor – auf die Bitte von Paul hin – ein Foto von allen gemeinsam, welches Iris den Freunden nach Korfu schickte.

Es war der ausdrückliche Wunsch von Paul, und es zeigte vier Menschen, die zum Zeitpunkt des Todes einfach nur fröhlich waren, und die dem Tod für einen kurzen Augenblick seine Macht entrissen.

*****

*"Der Tod ist verschlungen in den Sieg. Tod, wo ist dein Stachel? Hölle, wo ist dein Sieg?"*

*(1. Brief an die Korinther – Kapitel 15 – Vers 55)*